20～30岁

你拿十年做什么

做什么

如果人生一路顺利，那也许我们只会成为平庸的人

有些道理现在不懂，等你想懂的时候就晚了

张青 主编

百花洲文艺出版社

图书在版编目（CIP）数据

20～30岁：你拿十年做什么／张青主编. —南昌：
百花洲文艺出版社，2018.12（2020.10重印）

ISBN 978－7－5500－3130－2

Ⅰ．①2… Ⅱ．①张… Ⅲ．①成功心理－青年读物
Ⅳ．①B848.4－49

中国版本图书馆 CIP 数据核字（2018）第 273778 号

20～30岁：你拿十年做什么

张青 主编

出 版 人	章华荣
出 品 人	杨建峰
责任编辑	袁 蓉
美术编辑	松 雪 王 进
制 作	王 进
出版发行	百花洲文艺出版社
社 址	南昌市红谷滩世贸路 898 号博能中心 A 座 20 楼
邮 编	330038
经 销	全国新华书店
印 刷	江西千叶彩印有限公司
开 本	880mm×1270mm 1/32 印张 8
版 次	2018 年 12 月第 1 版 2020 年 10 月第 2 次印刷
字 数	196 千字
书 号	ISBN 978－7－5500－3130－2
定 价	29.80 元

赣版权登字 05－2018－514

邮购联系 0791－86895108
网 址 http://www.bhzwy.com
图书若有印装错误，影响阅读，可向承印厂联系调换。

前　言

"天将降大任于斯人也，必先苦其心志，劳其筋骨，饿其体肤，空乏其身，行拂乱其所为，所以动心忍性，曾益其所不能。 人恒过，然后能改；困于心，衡于虑，而后作；证于色，发于声，而后喻。"你20多岁时的选择，会写在你40岁的脸上和你脱口而出的每一句话上。 你选择了怎样的人生态度和人生历程，会决定你以后的气质容貌，会决定你一生是个怎样的人。

20 岁到 30 岁正是青春迷茫之际，好多人对人生处事还显得稚嫩，缺乏处世经验与方法。 人生不可能一帆风顺，失败和挫折其实一点都不可怕，正是有了这些才使得我们得到了经验和教训，才让我们成长。 如果人生一路顺利，那也许我们只会成为平庸的人。虽然你可能会遭受精神上的压力，生活上的刺痛，但人生就是一次又一次的蜕变，唯有经历各种各样的折磨，才能历练出成熟与美丽，抹平这些生活的尖刺，才能让我们的心灵回归平静。 "经一番挫折，长一番见识；容一番横逆，增一番气度。"当今社会无处不存在竞争，那些成功的人都是通过竞争脱颖而出，不单单是受他人的帮助，更是对手的鞭策让他们走得更为长远。 正是他们，使我们变得更加勇敢、坚强和强大。

有些道理现在不懂，等你想懂的时候就晚了！20 岁到 30 岁，是人生最重要的十年，我们应该做些什么，清楚明白些什么呢？ 我们有没有自己清晰的目标并为之奋斗？ 有没有做好学习规划、职业规划、生命规划？ 我想做什么、能做什么、怎样做到？ 本书通过深入浅出的方式，甄选最经典的励志故事，剖析最实用的人生哲理。从心态、生活、事业、工作、爱情、亲情、交际、财富、竞争等方面详细阐述了年轻人成长的道理，帮助你实现丰富的人生理想。 把这十年过好了，你的人生就赢了。

2018 年 8 月

目 录

第一章

这十年你要有自己的方向

确定自己的人生目标

美国作家盖尔·希伊出版了一本畅销书，书名叫《开拓者们》。他在撰写这本书的时候，通过一份内容十分广泛的"人生历程调查问卷"，间接地访问了6万多个各行各业的人士，他发现那些最成功和对自己生活最满意的人至少有两个共同的特点：一是他们喜欢有很多的亲密朋友；二是他们都致力于实现一个其实际能力所难于达到的目标。

根据希伊的研究，这些开拓者们觉得他们的生活很有意义，而且比那些没有长远目标驱使其向前的人更会享受生活。正像西方有一句谚语所说的："如果你不知道你要到哪儿去，通常你哪儿也去不了。"以下是人生规划设计的5个步骤：

步骤之一：发现或搞清楚你的主要人生目标是什么。所谓主要人生目标，应该是一个你终生所追求的固定的目标，你生活中其他的一切事情都围绕着它而存在。

你在生活中想要拥有些什么？是不是"什么都想要"？理想的工作，符合要求的人际交往，能让你快乐并有满足感的社交，所拥有的金钱能力足以维持一个符合你身份的生活方式……如果你不打算追求这一切，那么你将无法拥有理想的人生。

为了找到或找回你人生的主要目标，你可以问自己几个问题，比如"我是谁？""我想在我的一生中成就何种事业？""临终之时回顾往事，一生中最让我感到满足的是什么？"你必须先知道自己想要什么，才懂得去追求。也许你很快就可以知道你的终极目标是什么，但是大多数人则不是这样的。他们在找到自己的终极目标之前往往需要在不同的场合对自己重复上面的或类似的问题。

每一次向自己提出这样的问题的时候，随意地记下你的所得。开始的时候，它们可能没有什么意义，但是，多次的累积会让你茅塞顿开。

从今天开始，就去实习"步骤之一"，并将其作为你生活的开始吧！

步骤之二：当你能够用一个简单的句子表达出你的人生目标时，那么你就该着手准备实现这项目标了。

在这方面，职业的选择就是你所要着重考虑的问题。你应该知道，职业是一个工具，是帮助你实现终极目标的工具。你规划自己职业的重要性，就像将军筹划一场战役一样，也像一个足球教练确定一场重要比赛的作战方案一样。

你可以问自己："我的职业正在帮助我实现人生的最终目标吗？"如果答案是否定的，那就干脆重新更换职业。倘若更换职业是不现实的，那你再进一步问一下自己："是否有一种途径可以让我现有的职业与我的人生基本目标一致起来？"对于第二个问题，答案常常是肯定的。例如，一个事业有成但又并不满足物质上富有的律师，他可能会利用他的部分精力做些公益并从中得到精神满足。

最理想的职业方面的人生规划，应该是在你从学校毕业之时就开始进行的。在这个时候，只要你心中明确你的人生大目标，你就会知道你要选择或接受什么样的职业。毫无疑问，你会选择那份将有助于你实现人生目标的职业。

不过，我们也要切记：只要你还没有到安享晚年的地步，任何时候开始你的职业规划都不会晚。无论你是20岁左右的刚刚踏上职业征程的年轻人，还是40岁左右的正陷在一份你不喜欢的工作之中的中年人，现在仍然是你进行职业规划的好时机。

步骤之三：在弄明白了你的职业将会帮助你实现人生更大目标之后，你应该着手考虑你的人生和职业规划中的具体细节了。

你需要有一个详细的个人职业发展计划。这个计划可以是一个 5 年的计划，也可以是一个 10 年或者 20 年的计划。不管属于何种时间范围的计划，它至少应该能回答如下问题：

（1）要在未来 5 年、10 年或 20 年内实现一些什么样的职业或个人的具体目标？

（2）要在未来 5 年、10 年或 20 年内挣到多少钱或达到何种程度的挣钱能力？

（3）要在未来 5 年、10 年或 20 年内有一种什么样的生活方式？

对于这些问题的回答将给你提供一份有关你自己的短期目标的清单。在形成这些目标的过程中，不要纯粹地依靠逻辑思维。这一类的抉择，需要发挥你的创造力，应该把你的情绪、价值和信仰等因素全部调动起来。

步骤之四：在形成了上面的具体的短期的目标之后，你应该策划一下将如何去达成它们。

比如，你现在是一个中层的管理人员，你的 5 年、10 年或 20 年的个人职业发展规划要求你成为一个高级主管。那么，怎样才有可能实现你的目标呢？如果你能够回答好如下的各项问题，那么你就应知道自己该怎样做了。这些问题是：

（1）需要哪些特别的训练才能使我够资格做一名高级主管？

（2）该增加哪些书本知识？

（3）为使自己仕途坦荡，我需要排除哪些内部的政治上的障碍？

（4）我目前的上司在这方面是我的一个帮助还是一个障碍？在目前的这个公司我最终成为高级主管的可能性有多大？在这里的机会是否比在其他公司更大？

（5）得到这个职位者的一般教育程度、经验水平和年龄层次是怎样的？

建议你最好将上面的问题写在纸上，并进行思考。

步骤之五：行动，这是所有步骤中最艰难的一个步骤，因为它要求你停止梦想而切实地开始行动。

我们知道，良好的动机只是一个目标得以确立和开始实现的条件，但不是全部。

要想实现人生的终极目标，有两个方面的"陷阱"需要谨慎避免：一个是懒惰，另一个是错误——哪怕是小的错误。

制订现实可行的计划

培根说过："选择时间就等于节省时间，而不合乎时宜的举动则等于乱打空气。"没有一个明确可行的工作计划，必然浪费时间，要高效率地工作就更不可能了。试想，如果一个搞文字工作的人资料乱放，找个材料需要半天时间，那么他的工作是没有效率可言的。

工作的有序性，体现在对时间的支配上，首先要有明确的目的性。

很多成功人士指出，如果能把自己的工作任务清楚地写下来，很好地进行自我管理，就会使得工作条理化，个人的能力也会得到很大的提高。

只有明确自己的工作是什么，才能认识自己工作的全貌，从全局着眼观察整个工作，防止每天陷于杂乱的事务之中。明确的办事目的将使你正确地掂量各个工作的重要程度，弄清工作的主要目标是什么，防止不分轻重缓急，耗费时间又办不好事情。

填写工作清单是一种明确工作目标的好方法。首先，你可以找出一张纸，毫不遗漏地写出你所需要做的工作。凡是自己必须干的工作，不管它的重要性和顺序怎样，都一项不漏地逐项排列起来，然后按这些工作的重要程度重新列表。重新列表时，你要试问自己：如果我只能干此表当中的一项工作，应该干哪一项呢？然后再问自己：接着该干什么呢？用这种方式一直问到最后一项。这样自然就按照工作重要性的顺序列出了自己的工作一览表。然后，回想一下你要做的每一项工作往常怎么做，并根据以往的经验，在每项工作中总结出你认为最合理有效的方法。

在制订具体计划时要注意，这份计划必须是适度的，切实可行的。

不要太理想化，如果把计划的目标定得过高，或者把计划的进程排得过满，当计划中的一些步骤由于能力或者客观条件等原因无法落实时，就会打击我们做事的信心，而且，一个环节的计划没有完成，会直接影响下一个环节的事，一级一级地影响下去，整个计划的大厦就会像多米诺骨牌一样，轰然倒塌。

如果计划的目标定得太低，根本不用集中全部精力就能完成，那么会直接导致时间的浪费，而且，由于感到计划很容易完成，就会在内心里放松对自己的要求，这样会影响做事的效率，也是不可取的。

在制订计划时，要根据个人的具体情况确定计划内的工作量和要实现的目标。

如果小王打算在一年之内看完20本经济学名著，那么他首先要估算出自己这一年内的空闲时间，再把这20本书的读书量均衡地分配到这些空闲时间中。首先，小王必须充分考虑到各种情况，平时要上班，只能在晚上看，周六周日时间相对宽裕一些，所以，就可以多安排一些。但是，如果他还想在这一年内学会游泳，决定改变读书计划，让自己在一周之内看完一本书，这样的计划显然是不合理的。因为再快的阅读速度也无法保证这样的阅读量，而且这样一来，读书的效率必然大受影响，至于笔记心得之类的读书感受更是无暇顾及了。只有按照书的厚度和难度，准确评估看每一本书需要的时间，然后在有限的时间内平均分配，才能保证计划的顺利进行。

所以，如果你这一年很忙，就不要计划去国内10个城市旅游；

如果你刚刚参加工作，还是一个普通职员，就不要订下半年之内成为总经理的计划；哪怕你的热情很高，也不要计划在一天之内完成一周的工作量。因为这样的计划很难实现，它会影响你做事的热情。

此外，下面这些计划也是你要规避的：

作为一个想要参加马拉松赛跑的队员，计划一年之内每天慢跑400米。

作为一位工厂的工人，计划每天按时完成规定的工作量。

作为高收入阶层的一员，计划半年之内买下自己最喜欢的照相机。

……

这些计划，对于提高做事的效率毫无帮助，是无效计划。

发现自己的长处并不懈努力

最初，每个人的心中都会有许多的梦想，但最终能圆梦的人不是很多。

不能圆梦的原因也许有很多，但能圆梦的原因或许只有一个，那就是：为梦想不懈努力，不达目的决不罢休。

20世纪70年代出生的孩子，或许大都不会忘了动画片中唐老鸭那经典搞笑的声音。

唐老鸭的配音者是李扬。很多人都认为他是一个专业的配音演员。可是事实上，李扬最初只是一名部队里的工程兵，工作是挖土、打坑道、运灰浆、建房屋。这似乎和他的配音工作差了十万八千里。

然而李扬知道，自己一直擅长并喜欢配音工作。所以虽然他现在从事的不是这一行业，可他从来没有放弃过自己的梦想，他知道，总有一天自己的长处会被挖掘出来。

于是，他在空闲时间里认真读书看报，阅读中外名著，并且自己尝试着搞些创作。退伍后，李扬成了一名工人，但他仍然没有放弃自己的理想，用他自己的话说，他始终认为这值得自己去投入。

后来，国家恢复了高考制度，李扬考上了北京广播学院（中国传媒大学），这给他发挥自己的长项创造了良好的机会。因为他的不懈努力，因为他的天赋，加上一些朋友的介绍，李扬终于找到机会参加了一些外国影片的译制录音工作。他的声音生动，而且富有想象力，在几年的时间里他潜心钻研，终于成就了自己独特的配音风格。此时的李扬已是箭在弦上，只需有人开弓，就可以射向目标。

机会来了，风靡世界的动画片《米老鼠与唐老鸭》在中国招募汉语配音演员，虽然是业余配音演员，可李扬凭着自己独特的配音风格一举被迪士尼公司相中，为唐老鸭配音。从此他成了家喻户晓的配音演员。问及李扬成功的秘诀时，他回答说："我之所以能够成功，就是因为我从来没有停止过挖掘自己的长处。"

李扬之所以取得了成功，是因为他认为自己的潜力终有一天会被发现，所以他才会一直朝着这个方向努力，并且认为为此付出多大代价都是值得的。

很多时候，一个人之所以无法做出成绩，不是因为他的工作方法有问题，而是他的心态有问题，即他认为做这项工作不是自己的长项，或者是对这项工作没有兴趣。一个人从事自己不擅长或不喜欢的工作，是不会拿出全部的热情和精力来做的。存在着这样的心态，又怎么能有突出的成绩呢？

每个人都有自己的长处，这个长处就像是你的一块宝藏，开启宝藏的钥匙就在你自己的手里，如果你轻易放弃，那么你的宝藏将永远掩埋。

没有人愿意守着自己的宝藏不开掘，而把它带进坟墓。所以，行动起来吧，发现自己的长处，这很重要，尽管你可能因为现实的一些原因而不得不在现有的位置工作。但是，只要你发现了它，并为之不懈努力，最终的成功就一定会属于你。

走自己的路，让别人说去吧

真正成功的人生，不在于成就的大小，而在于你是否努力地去实现自我，喊出属于自己的声音，走出属于自己的道路。

"走自己的路，让别人说去吧！"对但丁的这句名言，我们并不陌生。不过，我们在生活中是否要信奉它、实践它呢？

答案是肯定的。

贝多芬学拉小提琴时，技术并不高明，他宁可拉他自己作的曲子，也不肯做技巧上的改善，他的老师说他绝不是个当作曲家的料。

发表《进化论》的达尔文当年决定放弃行医时，遭到父亲的斥责："你放着正经事不干，整天只管打猎、逗狗、捉耗子。"另外，达尔文在自传中透露："小时候，所有的老师和长辈都认为我资质平庸，我与聪明是沾不上边的。"

苏格拉底曾被人贬为"让青年堕落的腐败者"。

美国职业足球教练文斯·伦巴迪当年曾被批评"对足球只懂皮毛，缺乏斗志"。

爱因斯坦4岁才会说话，7岁才会认字。老师给他的评语是："反应迟钝，不合群，满脑袋不切实际的幻想。"

牛顿在小学的成绩一团糟，他曾被老师和同学称为"呆子"。

罗丹的父亲曾怨叹自己有个智力障碍的儿子，在众人眼中，他曾是个前途无"亮"的学生，艺术学院考了三次还考不上。他的叔叔曾绝望地说："孺子不可教也。"

《战争与和平》的作者托尔斯泰读大学时因成绩太差而被劝退

学。 老师认为他"既没读书的头脑，又缺乏学习的兴趣"。

……

试问：如果这些人不是"走自己的路"，而是被别人的评论所左右，怎么能取得举世瞩目的成绩？

人生的成功自然包含有功成名就的意思，但是，这并不意味着你只有做出了举世无双的事业，才算得上成功。 世界上永远没有绝对的第一。 看过马拉多纳踢球的人，还想一身臭汗地在足球队里混吗？ 听过帕瓦罗蒂歌声的人，还想练习美声唱法吗？ ——其实，如果总是担心自己比不上别人，那么世界上也就没有帕瓦罗蒂、马拉多纳这类人了。

俄国作家契诃夫说得好："有大狗，也有小狗。 小狗不该因为大狗的存在而心慌意乱。 所有的狗都应当叫，就让它们各自用自己的声音叫好了。"

小狗也要大声叫！ 实际上，追求一种充实有益的生活，其本质并不是竞争性的，并不是把夺取第一看得高于一切，它只是个人对自我发展、自我完善和美好幸福生活的追求。 那些每天一早来到公园练武打拳、练健美操、跳迪斯科的人，那些只要有空就练习书法绘画、设计剪裁服装和唱戏奏乐的人，根本不在意别人对他们的姿态和成果品头论足，也不会因没人叫好或有人挑剔就停止练习、情绪消沉。 他们的主要目的不在于当众展示、参赛获奖，而是自得其乐、有所获益，满足自己对生活美和艺术美的渴求。

坚持自己的梦想

在一个偏僻遥远的山谷里，有一个高达数千尺的崖。不知道什么时候，断崖边上长出了一株小小的百合。

百合刚刚诞生的时候，长得和杂草一模一样。但是，它心里知道自己并不是一株野草。它内心深处，有一个坚定的念头：我是一株百合，不是一株野草。唯一能证明我是百合的方法，就是绽放出美丽的花朵。有了这个念头，百合努力地吸收水分和阳光，深深地扎根，直直地挺着胸膛。终于在一个春天的清晨，百合的顶部结出了第一个花苞。

百合的心里很高兴，附近的杂草却很不屑，它们在私底下嘲笑着百合："这家伙明明是一株草，偏说自己是一株花，看来它顶上结的不是花苞，而是头上长瘤了。"公开场合，它们则讥讽百合："你不要做梦了，即使你真的会开花，在这荒郊野外，你的价值还不是跟我们一样。"

偶尔也有飞过的蜂蝶鸟雀，它们也会劝百合不用那么努力开花："在这断崖边上，纵然开出世界上最美的花，也不会有人来欣赏呀！"

百合却说："我要开花，是因为我知道自己有美丽的花；我要开花，是为了完成作为一株花的庄严使命；我要开花，是由于自己喜欢以花来证明自己的存在。不管有没有人欣赏，不管你们怎么看我，我都要开花！"

在野草和蜂蝶的鄙夷下，百合努力地释放内心的能量。

有一天，它终于开花了，它那灵性的白和秀挺的风姿，成为断崖上最美丽的风景。这时候，野草与蜂蝶再也不敢嘲笑它了。

百合花一朵一朵地盛开着，花朵上每天都有晶莹的水珠，野草们以为那是昨夜的露水，只有百合自己知道，那是因为深深的喜悦凝成的泪滴。

年年春天，百合努力地开花、结籽。它的种子随着风，落在山谷、草原和悬崖边，终于，整个山谷都开满了洁白的百合。

几十年后，人们千里迢迢来到这个山谷，欣赏百合开花。后来，那里被人称为"百合谷地"。

百合花正是凭借着这样一种坚持，完成了自己作为一株花的使命，也证明了自己作为一株花的存在。它正是要告诉我们：哪怕前途布满荆棘，也要勇敢地追逐自己的梦想；哪怕前途一片渺茫，充满他人的嘲讽与不屑，也要坚定地迈向自己的目标。让我们的人生也像那满山的在微风中摇曳的百合，诉说着那片最美的传奇！

别让旁人决定你的一生

众智成愚，当你没有自己坚定的信念，而随别人的意见左右摆动时，只能让很多本来可行的事，莫名其妙地变成了"不行"。

一个六神无主、无所适从的人的一生就像风向标，注定会很累，因为它永远在风的控制下忙忙碌碌，摇摆不定。

但是拥有自己志向的人，却有着一个不可动摇的坐标。他们有自己的方向，决不会摇摆不定。

信念守恒的人，始终如一，孜孜不倦，他们从不为潮流所迷惑，而是步步为营，永不停步地朝着自己的目标努力；风向标式的人则很容易被人言所改变或击倒。

某天，有个年轻人来到集市上，买了一只山羊，他牵着羊，走在街上。

几个骗子看见了，其中一个对他说："你牵着这只狗干什么？"

"别开玩笑，这是一只山羊。"

他牵着没走几步，迎面又过来一个骗子。

"你为什么牵着狗哇？你要这狗干吗？"

"这是山羊！"他冒火了。

不过，他开始动摇了：会不会真是一条狗呢？他低头看看这只长着黑胡子的东西，猜疑：狗？这明摆着是一只山羊嘛！不过……

又走了几步，他听见有人在喊："喂，小心，别让这条狗咬着！"

"天哪，我真糊涂！"这人终于大叫起来，"我怎么会把它当成山羊买来啊！"他信了骗子的话，把山羊扔在大街上了，那几个骗子捉住山羊，吃了一顿烤羊肉。

当然，这是一个故事。不过现实生活中常常会有这种情况：你要做一件事，拿到了一个好项目，决定做下去，然而，身边的人一致认为"不保险"、"不可为"。于是，你相信了他们的话，结果是你把一只肥羊当作瘦狗放掉了。

正所谓众智成愚，当你没有自己坚定的信念，而随别人的意见左右摆动时，只能让很多本来可行的事，莫名其妙地变成了"不行"。

我们生活中有很多这样的人：小学一年级时是小小的班头儿，中学时是团支部书记，毕业后当处长、局长、市长……一路攀升到人生的制高点。

其实他的成长很可能只是源自孩童时老师的一句赞扬。

老师表扬他："好样的，全班的带头人！"

大人都夸他："这孩子将来一定当大官儿！"

他得到一种来自方方面面的"高标准、严要求"，他知道自己必须做得更好，将来才能"当大官"。

他觉得自己与众不同，有一种矢志不渝的信念，而这信念约束着他的言行，也督促着他上进，直到他一步步走向成功。

学会欣赏自己

每个人的性格不同，能力不同，机遇不同，注定有人辉煌，有人平淡。不顾自身的具体情况，不切实际地强求达到别人的高度，这不但不能达到幻想中的目的，反而会增加自己的烦恼和痛苦。要知道，"名人"亦有"高处不胜寒"的孤独、寂寞和压力，而平凡者却拥有平淡中伸手可及的幸福，只是我们常常被虚幻的东西所诱惑，而忽视了真实的自我存在。

一位心理学家从一班大学生中挑出一个有些愚笨、又不大招人喜爱且自卑的姑娘，之后暗中要求她的同学们改变以往对她的看法。同学们按老师的要求，经常争先恐后地照顾这位姑娘，向她献殷勤，陪她回家，并假装打心底里认定她是位漂亮聪慧的姑娘。结果呢？不到一年，这位姑娘简直变成了另一个人——在她的身上展现出每一个人都蕴藏的美。她自豪地说："我获得了新生。"显然，这种美只有在我们欣赏自己且周围的人也都欣赏我们的时候才会展现出来。

美国著名音乐家麦克约瑟说："你自己与自己的心交流，要赞美它，让它感到你对它的赏识，那时候它才向你释放灵感。"是的，你只有欣赏自己，才能发挥自己。与其站在那里眺望别人的背影，不如坐下来静静地想一想自己走过的每一个坚实的脚印，只要努力寻找，你就会发现自己的生活中亦有许多闪光点。欣赏自己，不是鄙视别人的狂妄自大，是源于对自己生命的珍视和热爱；欣赏自己，不是让自己成为"井底之蛙"而不见更广阔的天空，是让自己抛弃浮躁后更成熟地走向远方。

一家报纸曾刊登了这样一个故事，说的是作者的父亲心情不好时，喜欢在阳台上摆弄他的几株花；作者的心情不好时，则喜欢到阳台上欣赏父亲的花。父亲说，浇花松土、除草是一种享受，作者却认为赏花才是最好的感觉。父亲的实验项目被人换了，他沮丧了好几天，闲时就到阳台上种花，作者心疼父亲的身体，到阳台看他。父亲凝视着花盆里的一株小草，一动不动。

"爸爸，为什么不把它拔了？"作者问。

父亲说："它太嫩了，拔了可惜呀！"

作者觉得好笑，说："一株草有什么可惜的！"

父亲却喃喃地说："它不值得我欣赏吗？"

"爸爸，你欣赏这草？"作者惊诧。

父亲突然回过头来说："不，我欣赏我自己。"

"啊！"作者不禁一愣，一向书生气十足的父亲，说这句话时竟有几分儒雅以外的严厉和坚定。

父亲忽然缓缓地说："我欣赏我自己，因为我和这草一样坚忍不屈。你看，这花盆里净是些用来固定花苗的瓦砾，这草硬是从瓦砾间钻出来。我也是这样，我的实验项目被人换掉了，但我昨天又递交了参加实验的申请书，我要参加这次我并不拿手的实验，想看看自己的能力。仅这一点，就值得自我欣赏。"父亲顿了一下，爱怜地问作者，"孩子，你欣赏你自己吗?"

作者又愣住了,这是何等高深的话题呀!

父亲见他没回答,笑着对他说:"欣赏自己,就要发现自己的闪光点,要自信、要乐观。你是大人了,应该明白了。"父亲的话很深沉,但作者听得很入耳,他知道父亲正用深深的父爱,浇铸着他的品格、性格和人格。

学会欣赏自己的开朗自信,欣赏自己的聪慧大方,欣赏自己的高尚情操,这些都是父亲教给作者的,他终于明白了以前听过的那句话:"人活着,或许有不少人值得欣赏,但你最应该欣赏的是你自己。"

卡耐基说过一段耐人寻味的话:"发现你自己,你就是你。记住,地球上没有和你一样的人……在这个世界上,你是一种独特的存在。你只能以自己的方式歌唱,只能以自己的方式绘画。你是你的经验、你的环境、你的遗传造就的你。不论好坏与否,你只能耕耘自己的小园地;不论好坏与否,你只能在生命的乐章中奏出自己的音符。"的确,我们每个人都是独一无二的。这个独特的"我",既有优点,也有不足。一个人只有充分地自我接纳,懂得欣赏自己,才能有良好的自我感觉,才能自信地与人交往,出色地发挥自己的才能和潜力。假如一个人不懂得欣赏自己、接纳自己,老是以怀疑的、否定的态度看待自己,就有可能限制甚至扼杀自己的生命力。事实上,我们的身边因为自卑自怜、自暴自弃等各种心理原因而造成的自寻短见的事例已经太多了,并且还在不断地出现,不但给家人造成痛苦,而且给社会造成损失。当然,更难以去谈怎样赢得别人的欣赏和肯定了。

智慧而年老的牧师胡里奥在密西西比河边，遇见了忧郁的年轻人费列姆。

费列姆唉声叹气，满脸愁云惨雾。

"孩子，你为何如此闷闷不乐呢？"胡里奥关切地问。

费列姆看了一眼胡里奥，叹了口气，说："我是一个名副其实的穷光蛋。我没有房子，没有太太，更没有孩子；我也没有工作，没有收入，整天饥一顿饱一顿地度日。像我这一无所有的人，怎么能高兴得起来呢？"

"傻孩子，"胡里奥笑道，"其实，你应该开怀大笑才对！"

"开怀大笑？为什么？"费列姆不解地问。

"因为你其实是一个百万富翁呢！"胡里奥有点儿诡秘地说。

"百万富翁？您别拿我这个穷光蛋寻开心了。"费列姆不高兴了，转身欲走。

"我怎么敢拿你寻开心？孩子，现在能回答我几个问题吗？"

"什么问题？"费列姆有点好奇。

"假如，我现在出 20 万美元买走你的健康，你愿意吗？"

"不愿意。"费列姆摇摇头。

"假如，我现在出 20 万美元买走你的青春，让你从此变成一个小老头儿，你愿意吗？"

"当然不愿意！"费列姆干脆地回答。

"假如，我现出 20 万美元买走你的容貌，让你从此变成一个丑八怪，你可愿意？"

"不愿意！当然不愿意！"费列姆的头摇得像个拨浪鼓。

"假如，我现在出20万美元买走你的智慧，让你从此浑浑噩噩度此一生，你可愿意？"。

　　"傻瓜才愿意！"费列姆一扭头，又想走开。

　　"别慌，请回答完我最后一个问题——假如现在我出20万美元，让你去杀人放火，让你从此失去良心，你可愿意？"

　　"天哪！干这种缺德事，魔鬼才愿意！"费列姆愤愤地回答道。

　　"好了，刚才我已经开价100万美元了，但仍然买不走你身上的任何东西，你说，你不是百万富翁，又是什么？"胡里奥微笑着问。

　　费列姆恍然大悟。他笑着谢过胡里奥，向远方走去……从此，他不再叹息，不再忧郁，微笑着寻找他的新生活去了。

　　在羡慕别人的同时，我们往往忽略了自身的财富。"临渊羡鱼，不如退而结网。"健康、青春、美貌、智慧、良心，每一样都是无价的，而当你具备这些时，你还缺什么呢？好好珍惜你所得，好好利用你所有，你会发现你已经是一个百万富翁了！

　　欣赏自己并不是傲视一切的孤芳自赏，也不是唯我独尊的狂妄不羁。因为它不需要大动干戈的勇气，也不需要改头换面的毅力，它只属于一种醒悟，一种面对困难时能给予自己信心的源泉，一种推动自己向挫折挑战的动力。

　　在一次讨论会上，一位著名的演说家手里高举着一张20美元的钞票，面对会议室里的200个人，他问："谁要这20

美元?"一只只手举了起来。

他接着说:"我打算把这20美元送给你们中的一位,但在这之前,请准许我做一件事。"他说着将钞票揉成一团,然后问:"谁还要?"仍有人举起手来。

他又说:"那么,假如我这样做又会怎么样呢?"他把钞票扔到地上,又踏上一只脚,并且用力碾它。而后他拾起钞票,钞票已变得又脏又皱。"现在谁还要?"还是有人举起手来。

"朋友们,你们已经上了一堂很有意义的课。无论我如何对待那张钞票,你们还是想要它,因为它并没有贬值,它依旧值20美元。人生路上,我们会无数次被自己的决定或碰到的逆境击倒、欺凌甚至碾得粉身碎骨。我们觉得自己似乎一文不值。但无论发生什么或将要发生什么,在上帝的眼中,你们永远不会丧失价值。在他看来,肮脏或洁净,衣着齐整或不齐整,你们依然是无价之宝。"

人生自古多磨难。 但是,只要你学会欣赏自己,你就会觉得幸福其实是那么平常,它只是小石子落在水面上荡起的微微涟漪;而吃苦也并非那么可怕,它只是波涛拍打礁石而泛起的点点水花。 当然,这种欣赏是一种务实,一种一步一个脚印的跋涉。

第二章

这十年你要不断培养自己

靠智慧穿越生命的迷雾

世间有一个痴者向智者请教："尊敬的智者，请您用智慧之灯照亮我昏暗思想的天空吧，告诉我如何才能看到人间的真实？"

接着，他对智者诉说自己感到迷惑的一系列问题："我曾经在人生之路上艰难跋涉，然而后来我才发现，我始终走在一个表象的世界，而真实的石头却把我绊得一个趔趄接一个趔趄；当我第一次被她的甜言蜜语所迷醉，选择她做我的爱人时，第二次我却发现她用同样的语言在与别人约会；当一个脸上充满忧郁，衣衫褴褛的路人从我身边经过，我欲把我的所有赠予他时，却发现他对我毫无所求，而真正有求于我的，却是一个西装革履脸上充满自信的人；当我把骂我的当作敌人，把朝我笑的当作朋友时，后来我才发现，欲将我推下悬崖的，正是那个朝我笑着的人。怯懦的人，为何穿上一个勇武的外壳？爱着我的人，为何偏偏不说爱我？明明有求于我，为何偏偏把一箱箱珍品奉送于我？人在我的身边，为何心却走了……啊，尊敬的智者，表象的世界实在令人迷惑，告诉我吧，我该如何，如何……"

智者回答道："年轻人啊，我们用眼睛所看到的，无非是一团迷雾，往往遮住了我们应该用心来感受到的万物；我们用耳朵听到的，无非是些扰乱心灵的声响，往往歪曲了我们应该用心去把握的东西。因而，当你看到一个白发者和一个黑发者站在一起时，请不要在二者谁是老人的问题上妄下结论；当你看见一个人鲜血淋漓地躺在地上，一个人站在一旁无动于衷时，请不要贸然断定哪个是生者，哪个是死者；当你看见一个人在放声大笑，一个人在不停地流泪时，请不要即刻断定哪个是痛苦者，哪个是欢乐者；当你站在冰封雪冻的江面，身体被飘舞的雪花所环绕时，请不要以为明天还会是这样；当一个人送花给你，另一个送刺给你时，请不要急于断定哪个是亲你者，哪个是疏你者；当一个人声音颤抖，结结巴巴，一个人口齿伶俐，声调高亢时，请不要盲目判定哪个是懦弱者，哪个是勇敢者……"

接着，智者感叹地说道："离你而去者或许正是真心爱你者，送你珍宝者可能正是有求于你者，今天的幸福可能会成为明天的痛苦，闪烁即逝的或许正是永恒存在的……"

"我明白了。"痴愚者说。"在你对万事万物没有真正感悟之前，请不要说'明白了'。"智者说。

生命并非它的表象，而是它的内蕴；可见的东西并不在于它们的皮壳，而在于它们的内核；世人之本并不在于他们的面孔，而在于他们的内心。

智者明白，现实的花朵胜过缥缈的虚幻。

今生与来世有过一段对白。

今生："唉！不知为什么，我把如此丰富多彩的生活给了人类，可是人们往往对我产生不满，特别是当他们遇到挫折和不幸时，往往厌恶我却有求于你。"

来世："嘻嘻！谁让你那么实在呢？你看我，虚无缥缈，似有似无，人们都听说过我，却没有一个人真正见过我。"

今生："是呀，到现在我也没见过你，不知你是一个真实的存在，还是一个梦幻的影子。"

来世："假如说虚幻的影子也是一种存在的话，我只是存在于你的生命中的一个虚幻的存在。"

今生："我明白了，你是没有。"

来世："对。可是人们以为我什么都可以给他们。当一对恋人长相思而不能长相依时，他们乞求我的成全，从而放弃了在你那里的努力；当一个人一生碌碌无为穷困潦倒时，他企图在我这里寻求到美好的前景，而不愿在你那里奋起直追；当一个女人为做女人而感到痛苦不堪时，她乞求在我这里变成男人……对于这些乞求，我当然默然应允。"

今生："这就是你的不对了。你办不到的事情，为什么要答应呢？"

来世："连我自己都是虚无的存在，我答应了的东西，难道和不答应的有什么不同吗？"

今生："好了，好了，你这貌似存在实则虚无的来世，你这貌似美好实则丑陋的家伙，我明白你了，你这迷惑人的魑魅！"

来世："……"

今生："但愿天下善良的人们，不要再把美好的愿望寄托于来世了。只有在今生，也就是在我这里努力，才是真正的智者呀。"

当人们在今生现实生活中遇到挫折和不幸时，往往把一切的希望寄托于来世，似乎只有来世才是美好的，人们今生不能实现的愿望，似乎在来世能一一得以实现。岂不知现实的花朵，总是比缥缈的虚幻来得永久。

知识就是力量

有这样一个故事：一个青年，他经常坐火车、轮船去远方旅行。每次在船车中，他总是随身带些读物，如袖珍书本、函授学校中的讲义，他利用别人很容易浪费掉的零星时间读书，积累知识，以求进步。通过这样日积月累，他掌握了更多的知识，包括历史、文学、科学等等。这些知识虽然一时用不着，但是，总有用得着的一天。后来，这个年轻人应聘一所大学的讲师，他凭着自己丰富与广博的学识被学校录取了。后来他对朋友说，多亏几年的读书。

平时不用功，临危抱佛脚，这种学习态度要不得。不论你工作多忙，在工作之余或睡觉前，你完全可以腾出 10 分钟读书。那些老说自己没时间读书的人，其实是为自己找借口。你可以把时光浪费在闲聊中，在无限空虚的感叹中，为什么不能利用时间读一下书？读书使人增加知识，增长力量，勤奋读书的人，比起那些有天赋但不读书的人更有修养，更有能力，取得成功的概率更高。如果你有一种孜孜不倦以求进步的精神，你就会超越别人，超越那些不读书的人。

有的人或许以为利用闲暇的时间来读书会牺牲自己的其他时间，或者影响工作，这样的想法是错的。读书的作用之大，对于人的一生来说太重要了。工作竞争日趋激烈，生活情形日益复杂，如果你没有学识，你就有可能被这个社会淘汰出局。

当然，也许你会这样想，把时间放在读书上，岂不是浪费了做大事的时间？其实不然，这里说的是叫你每天腾出 10 分钟读书，不是叫你整天读书。10 分钟虽少，但可以集腋成裘，日积月累，就能充实你的知识宝库，渐渐地推广你的知识地平线。 将一分一秒的闲暇时间，换来种种宝贵的知识。 知识可以给予你能力，使你得以上进，这种机会难道你忍心放弃吗？

耶鲁大学的校长海特莱曾经说："各界的人，如商业界或产业界中的人，都曾告诉我：他们最需要、最欢迎的大学生，就是那些有选择书本的能力及善用书本的人。 而这种选择书本与善用书本的能力的最初养成，最好是在家庭中——具备着各种书籍的家庭中。"

一个天资比较高的儿童，只要常有接触书、使用书的机会，就一定能从书本中摄取丰富的知识。 凡是家庭中备有不少辞典、百科全书以及其他种种有益的书籍的，其儿童往往会于不知不觉之间，利用那容易虚掷的空闲时间来充实和教育他们自己。 这种教育的代价，只是书籍的准备，要比学校教育所费的代价要小得多。 书籍可以使家庭布置得幽雅、美观，使儿童乐于待在家中。 而那些忽略教育设备的家庭，他们的儿童会厌恶家庭，喜欢到外面乱闯，以致陷入种种危险之中。

家庭是一个人接受最主要的生活训练的地方。 在家庭中，我们养成习惯，形成志趣，而这些习惯、志趣，将影响我们的一生。

有一户人家，其父母子女相约于每晚留出一部分的时间作读书或自修之用。晚餐结束后，他们就一起休息及游戏，在一个小时之内，或谈笑戏谑，或做各种玩意儿，极尽欢娱。一小时后，便是读书的时候了，于是他们各就各位，或读书，或写书，或自修，静得连根针掉到地上都可以听见。假使有一人觉得不适意、不高兴、无意自修，他至少也要静默无声，不去打扰他人。

在他们中间有一个和谐的、统一的意志——凡可能分散注意力、打断心思与使之心驰神往的一切，都已被有效防止。就事实而论，一小时聚精会神、不被扰乱的读书，其成效要大过常被扰乱与心不在焉的两三个小时的读书。

有不少青年男女，有志在学问上求上进，而最终受阻于家庭中的恶劣环境。例如晚餐之后，全家都谈笑喧哗，毫无休止，所以也就无意自修、无心读书了，充其量也只是看些低级趣味的小说。而家庭成员中要认真读书的倒反而要受嘲笑，仿佛是欲使同流合污而后已。

无论一个人平时怎样忙碌，但总有很多的光阴是虚度或浪费掉的，而这些虚度的光阴假使能善于利用，是一定能生出大益处来的。

养成每天读10分钟书的习惯。这样每天10分钟，20年之后，你的知识水平一定前后判若两人，只要你所读的都是好的东西，你的智慧和能力就会增长许多，你就有可能超越许多人，摆脱许多烦恼。大多数人都肯在自己所喜欢的事上留出相当的时间来。假使你真有求知之饥渴、努力学习的热望，你总会挤出时间来的。

及时为自己"充充电"

当你置身于这纷繁的大千世界时，是否感觉有许许多多的事情在变化，物价飞速上涨，市场残酷无情，而自己却依然如几年前，工资没增加反而越来越少，你不停埋怨，不停叫苦，这到底怎么了？

静下心来想一想，真正的原因是自己没变化，几年的时间，市场在变，环境在变，而你没有及时充电学习，没有从各方面提升自己，等于你落后了，你的价值如以前一样，甚至贬值。

现代社会的飞速发展，知识更新的加快，要想跟上时代的发展，充电是明智之举，不充电就会失去生存的能量，而最终被社会甩掉。

成功的人有千千万，但成功的道路却只有一条——学习，勤奋地学习，用时下流行的话来说就是"充电"。如果一个人停止了学习，那么你很快就会"没电"，会被社会所抛弃。养成学习的习惯，你离成功就不远了。

适当给自己"充充电"，是当务之急，也是为你以后做事打下坚实的知识基础。

在网络信息技术日益升温的今天，你如果不每天学习，不去充电，那么很快就会落伍。因此，无论在何时何地，每一个现代人都不要忘记给自己充电。只有那些随时充实自己，为自己奠定雄厚基础的人才能在竞争激烈的环境中生存下去。

　　一名员工对自己的上司很不满意，他对朋友说："我的上司根本就不把我当回事，总有一天我要炒他鱿鱼。"

朋友问他："你对自己的表现满意吗？对你们公司的业务都熟悉吗？"

他说："还不太清楚，但我感觉我的本职工作已经做得很好了。"朋友建议说："你最好把关于国际贸易的技巧、商业文书等一系列的东西好好研究一番，再与你们经理坐下来好好地聊一聊，看看你在经理的眼里是什么样子的，再听听他对你的期望和要求，心平气和地谈谈，如果你们交流后你还感觉不适合在这家公司继续工作的话，再辞职也不迟啊。"

他点头赞同朋友的看法，回公司后改变了自己以往的态度，勤恳地学习公司业务。不久，经理把他叫到办公室肯定地对他点点头，把一项非常重要的工作交给他去处理。他不解地看着经理，经理给他倒了一杯茶说："我相信你现在的能力了，所以把这项任务交给你，大胆地去做吧，做出点成绩来给我看看。"

他试探着说："可以问问为什么以前……"

经理说："那时是因为你的能力还没有达到一定的水平，而且心太浮躁。年轻人，做人最重要的就是能够认识自己的能力，从自身上找原因，这样才能赢得他人的重视与尊重啊！经过一段时间的学习、提高，我认为以前看错了你。现在将这项重要的任务交给你，我放心了，你也到了独自去完成任务的时候了。"说着拍拍他的肩膀离开了。

现实生活中，总有些眼高手低的人，他们常常抱怨老板不给自己表现的机会，认为老板不够器重自己，所以就会产生一些牢骚，甚至想离开这家公司。可是，有这样想法的人们，你是否检讨过自己？有没有问问自己，为什么老板不重用你？有没有在自身能力上找原因？如果你没有，劝你还是检讨一下自己吧！通过学习赶快提高自己的能力吧！

　　有一种花散发出一种淡淡的芳香，它给人的感觉是阳光、幽香，企业的每一位职工都应像这朵花，虽然小，但它的香气久远，阳光又是企业不可缺少的一部分，散发出一份热量，热量的汇集才能使企业耀眼夺目。　只要大家在工作中、学习中不断提升自己的能力，升华自己的思想，就能在企业中站稳脚跟，找回自己，也才能通过企业实现自身价值，有一个美好的未来。

在行动中寻找方法

人生所有的设想和计划只有付诸行动才会有可能变为现实，不管是多么伟大的构想，如果不做就不会给自己和他人带来什么收获，所以，人生的关键就是行动。

先做，然后才能知道能不能实现自己的计划，因为在做的过程中才能发现问题，才能知道困难有多大，也才能具体地去寻找解决的办法。最后才能把想的东西变为实际存在的东西。

先做，才有发言权，没有做过什么事情的人不知道事情的艰难，也不会有什么经验可谈的，要谈也是空洞地谈，没有什么实际的内容。做过了事情就会积累一定的经验，就会有话要说，就不会说空话，说出来的话才有说服力。

先做后说是一种良好的习惯，培养这种习惯，就会使你的人缘建立在可信可靠的基础上，你就会受到别人的喜爱；先做后说是一种美好的行为，培养这种习惯，就会使你在做事的天平上增加行动的砝码，会让你走向成功。

高楼大厦是由一砖一瓦垒起来的，万里长征是一步一步走过来的，所有的大事业都是由小事情一点一点发展起来的。生活或工作中，有些人就是看不见小事情，不愿意做小事，总想干一番轰轰烈烈的大事，可是一直没有大事让他展现自己的才能，所以，常常感叹英雄无用武之地。其实这都是眼高手低，大事做不来，小事又不干的坏习惯。

你要想人生有所作为，走向成功，就必须培养从小事做起的习惯。

有一个很有才华的人，整天想着要写一本世界名著，却看不上写豆腐块的小文章，结果，多年过去了，名著没写出来，小文章也没发表过，白白地让满腹才华失去了表现机会。

相反，另一个人才能一般，但是多年来，一直写小文章，积少成多，由小变大，最后，著作等身，收获颇丰，成功实现了自己的理想。

两种人生，两种不同的结果，这告诉我们：人生就是从小事上起步的，人生的丰碑就是由这些小事雕刻出来的。

当我们决定一件大事时，心里一定会很矛盾，都会面对到底要不要做的困扰。下面的实例是一个年轻人的选择和做法。

杰米先生是个普通的年轻人，二十几岁，有太太和小孩，收入并不多。

他们全家住在一间小公寓里，夫妇俩都渴望有一套自己的新房子，他们希望有较大的活动空间、比较干净的环境、小孩有地方玩，同时增添一份产业。

买房子的确很难，必须有钱支付分期付款的头款才行。有一天，当他签发下个月的房租支票时，突然很不耐烦，因为房租跟新房子每月的分期付款差不多。

杰米跟太太说："下个礼拜我们就去买一套新房子，你看怎样？"

"你怎么突然想到这个？"她问，"开玩笑！我们哪有能力！可能连头款都交不起！"

但是他已经下定决心："跟我们一样想买一套新房子的人们大约有几十万，其中只有一半能如愿以偿，一定是什么事情使他们打消这个念头。我们要想办法买一套房子。虽然我现在还不知道怎么凑钱，可是一定要想办法。"

下个礼拜他们真的找到了一套两人都喜欢的房子，朴素大方又实用，首付款1200美元。现在的问题是如何凑够1200美元。他知道无法从银行借到这笔钱，因为这样会妨害他的信用，使他无法获得一项关于销售款项的抵押借款。

皇天不负有心人，杰米突然有了灵感，为什么不直接找承包商谈谈，向他私人贷款呢？他真的这么做了。承包商起先很冷淡，但由于杰米一直坚持，他终于同意了。他同意杰米把1200美元的借款按月交还100美元，利息另外计算。

现在杰米要做的是，每个月凑出100美元。夫妇两个想尽办法，一个月拟省下25美元，还有75美元要另外设法筹措。

这时杰米又想到另一个点子。第二天早上他直接跟老板解释这件事，他老板也很高兴他要买房子了。

杰米说："T先生（就是老板），你看，为了买房子，我每个月要多赚75美元才行。我知道，当你认为我值得加薪时一定会加，可是我现在很想多赚点钱。公司的某些事情可能在周末做更好，你能不能答应我在周末加班，有没有这个可能呢？"

老板对于他的诚恳和雄心非常感动，真的找出许多事情让他在周末工作10小时，他们因此欢欢喜喜地搬进了新房子。

杰米的成功就在于他认准了目标就行动，不想那么多，在做的过程中，遇到问题，解决问题，最后，就实现了自己的目标。

如果只说不做，就可能一直等下去，就不会有这个结果。

在社会生活中，我们都会有理想，都希望能够改变自己的生活，希望能超越别人，但是真正为这个理想去实践去做的人实在是太少了。 我们把问题看得太严重了，把困难想象得太大了，因而还没有做以前，就自己把自己否定了。

灵感是长期辛勤劳动的结果

灵感具有创造性，它的基本特征是打破人的常规思路，突然达到一个新境界，灵感并不是虚无缥缈的不可捉摸的东西，更不是天才的专利品，只要长期辛勤劳动，总会有一天"功到自然成"。

所谓灵感，并不是什么神秘的东西，而是经过长时间的实践与思考之后，思想在高度集中化与紧张化之后，对所考虑的问题已基本成熟而又未最后成熟，一旦受到某种启发而融会贯通时所产生的新思想。

捕捉灵感要"稳、准、狠"，意思是说，面对灵感，要看得准，经过自己缜密的分析，判断其可行性与可能性；稳是指捕捉灵感要牢，落实要到位；狠是指灵感得来不易，有可能是几年甚至一生才会有一次，所以你必须加倍珍惜，充分利用，要学会充分运用灵感上每一点剩余价值，使其彻底为我所用。

这一切都是为了全力以赴，合理配置，借机会之力创最大效益，谋求最大成功。

有句名言，叫作"机不可失，时不再来"。时间有其独自的特性：一是无法返回；二是无法积蓄；三是无法取代；四是无法失而复得。灵感，离不开时间，时间是灵感的生命。哲学家培根曾感慨地说："灵感先把前额的头发给你捉，而你捉不住之后，就把秃头给你捉了；或者至少它先把瓶子的把儿给你拿，如果你不拿，它就要把瓶子滚圆的身子给你，而那是很难握住的。在开端时善用时机，再没有比这种智慧更大的了。"灵感，速可得，坐可失，我们要想得到它，就不但要努力学习揭示客观必然规律性的科学知识，着重认识事物发展的必然规律，而且要有一种锲而不舍、雷厉风行、只争朝夕的精神，决不能四平八稳"一慢二看三通过"，坐失灵感。

灵感具有创造性，它的基本特征是打破人的常规思路，突然达到一个新境界，当灵感降临的时候，智力水平超出创作者平时的水平，所谓"超水准发挥"，犹如瓜熟蒂落，水到渠成，正是"众里寻他千百度，蓦然回首，那人却在灯火阑珊处"。另外，灵感具有突发性和瞬时性的特点，灵感的产生往往不能自抑。从时间上，灵感什么时候来；空间上，灵感受什么东西启发，都很难预期。

灵感思维与人的直觉是密不可分的，直觉是人的天生能力，往往是创意的源泉。

化学家申拜恩是一个怕老婆的典型，其实也是因为他妻子疼爱他，不希望他从事那些有很大危险性的化学实验。一天晚上，趁妻子出去串门的时候，申拜恩偷偷地在厨房里开始了他的火药实验，正当他在炉子上加热硝酸和硫酸的混合液的时候，突然听见了妻子回来的声音，他一时心慌意乱，想及时停止实验，却不慎将装着混合酸的坩埚给打翻，申拜恩顿时手忙脚乱，抓起妻子的围裙就去擦炉子上和地板上的混合酸。后来，他又把这个围裙挂在炉子上烘干，过了一会儿，只听得围裙"哗"的一声起火了，一下子就被烧得一干二净，燃烧速度之快，是很罕见的。申拜恩头脑中灵感一闪，抓住这次机遇，发明了混合酸和棉布为原料的火药。

曾经有一位青年很喜欢写诗，但他总写不出来，便埋怨灵感不登自己的大门。一天，他走在路上，偶然遇到了著名诗人马雅可夫斯基，这时，诗人一边走路，一边构思着诗作。青年赶上前去问："诗人先生，听说您非常富于灵感，而我为什么总找不到？"诗人幽默地说："是吗？也许是灵感不喜欢与懒汉做朋友吧。"

据说1890年，德国有机化学家凯库勒在庆祝德国化学学会成立大会上讲了他在马车上做的一个梦，结果揭开了苯的分子结构之谜的事。当天，竟有好几位好事者雇了马车，在大街上转悠。可是，这几位会员有的没睡着；有的睡着没做梦；有一个人睡着了，而且做了梦，可惜只是梦见打牌输了。"灵感只光临有准备的头脑"，这是一条规律。

然而，同样具有思维的优势，同样苦苦思索，有的人却未能顿悟，这说明捕捉灵感还是有一些窍门的。 如果你想成为灵感思维的主人，那么，以下的方法可供你参考：

1. 原型启发

阿基米德解开皇冠之谜运用的就是这种方法。 由于原型同创新对象之间有某种相似性，因而容易产生联想和比较，接通大脑中的"短路处"，当然，这要求有广博的知识和开阔的视野。

有一天早晨，物理学家阿基米德突然被国王召进宫去，国王很得意地对站在面前的阿基米德说道：

"怎么样？阿基米德，很漂亮的王冠吧？你能不能也做一个同样的呢？"

阿基米德感到有点恼怒，便想捉弄国王，灵机一动就说："陛下！那王冠是纯金制造的吧？"

显然，国王被说到症结处，因为尽管他命令金匠以纯金打铸，却无从证明金匠是否完全照他的命令去做，这时，国王才说出他召阿基米德来的用意。

"阿基米德，我召你来最主要目的是要你调查一下这个王冠的纯度。不过，绝对不准你损害到王冠。"国王这样命令着。

阿基米德非常困扰，并且后悔说了不该说的话，他开始思考该怎么办。苦思许久，仍然想不出一个适当的办法。

在公元前3世纪时，"不知道"这句话不但不能解决问题，有时还会导致被杀头哩！

自然地，阿基米德不敢轻言"不知道"三个字。就在他思考当中，有一天，阿基米德到澡堂去，由于时间还早，客人很少，浴缸里的水还满着。当他进入浴缸里时，浴缸里的水马上溢出来。

那一瞬间，阿基米德像悟到了什么似的叫起来："对！就是这个！"然后，从水里跳起来，兴奋地向实验室飞奔。

这就是阿基米德最有名的浮力原理的故事。

2.争论触发

争论时，由于与对方相互诘难，挖空心思地寻找对方的漏洞，维护自己的"完整"，头脑处于高度兴奋中。此时，经过相互补充，相互启发，必使你的思路得到重新的调整和组合，灵感就容易在这些组合缝中产生。

洛克菲勒要独享美国石油市场的利益，必须把泰德华脱油管公司搞掉。来自泰德华脱的一个极大的威胁是它从石油产地铺设了一条直通大湖湖滨威廉汤油库的油管。不搞掉这条油管，洛克菲勒要蒙受巨大的经济损失。

洛克菲勒为了自己的利益需要，必须铺设一条与泰德华脱油管平行的石油管道。但油管必须通过泰德华脱公司的势力范围——巴容县。而且泰德华脱促使巴容县议会通过的一项议案规定：除了已经铺设好的石油管道外，不允许其他油管穿过该县境地。

对于这个不小的难题，洛克菲勒冥思良久才想出一条妙计。

在一个漆黑的夜晚，一伙彪形大汉突然出现在巴容县的东北角。他们挥舞洋镐、铁锨，挖沟掘土。很快，他们挖成一条深沟，接着又迅速将管道埋进去，很快填平了这条沟。天亮之前，他们就已经收工了。

第二天，当当局发现巴容县境内又多了一条美孚石油公司的管道时，准备控告洛克菲勒。闻讯而至的记者们纷纷采访这一事件。洛克菲勒借势召开了一个记者招待会。会上，他振振有词："县议会的议案规定，除了已经铺好的油管外，不准其他油管穿境而过。希望各位先生现场参观一下，看看美孚石油公司的油管到底是已经铺好的，还是没有铺好的。"

此时，县议案方才知道立案不严谨，使人家有空子可钻，只好无声无息地不了了之。

我们都相信，牛顿是看到苹果从树上掉落，才发现万有引力的。 其实这并不正确，牛顿自己也否定这种偶然性，他曾说过：
"我早就思考这个问题了。"

我们常单纯地认为，那些伟大的发明家都是天才，和我们这些平常人相比，头脑比我们好，运气也比我们好。 但是，像牛顿这样伟大的天才，如果不努力地做高度思考活动，也不会有任何发明与发现。 偶然产生的思考、直觉或第六感也如此，不经一番努力，是不会有任何成果的。

某位对天才的研究有很深造诣的名教授也认为，没有经过努力的思考，是绝不会产生灵感的。 他说："意识的活动，对于灵感产生之前、之后都很重要。 没有意志和意识的活动，若能产生灵感，只有在精神病人身上可以看到"。

不要等着天上掉馅饼

　　每个人都期望幸福，对于成功者而言，最大的幸福就是劳有所获。梅贻琦的父亲梅臣（字伯忱）只中过秀才，后来沦为盐店职员。梅臣生子女各五人，贻琦为长子，1900年（贻琦11岁）随父母至保定避庚子之乱。秋后返津，家当被洗劫一空，父亲失业，生活困难。1904年，梅贻琦以世交关系入天津南开学堂读书，成为著名教育家张伯苓先生的得意门生。在校期间一直是高才生，1908年毕业时名列榜首，他的名字一直被铭刻在南开校门前的纪念碑上。毕业后，被保送至保定"直隶高等学堂"。

　　1909年夏，清政府"游美学务处"招考第一批留学生，梅贻琦以优异的成绩考取。10月赴美，成为清华"史前期"的第一批学生。抵美后，进入伍斯特理工学院学习电机专业。在校期间他勤攻苦读，省吃俭用，常把节省下来的余钱积少成多地寄回贴补家用。1914年夏，梅贻琦毕业，获工学士学位并被选入"Sigma Xi"（美国一种专为奖励优秀大学生的组织）。在美期间，他曾担任过留美学生会书记、伍斯特世界会会长、《留美学生月报》经理等职。1915年春回国，于天津基督教青年会服务半年，9月，即应母校清华之聘来校任教。1921年，他利用休假机会再度赴美，在芝加哥大学研究物理一年。1922年秋，"遍游欧洲大陆"后返国，继续在清华任教。

1925 年，清华学校增设大学部，梅贻琦担任物理系的"首席教授"。翌年春，教务长张彭春辞职，师生群起挽留，发展成一场"校务改进运动"，成果之一是从这以后，教务长一职不再由校长指定，而是由全体教授公选。4 月，梅贻琦被公选为改制后的第一任教务长。

　　天下没有免费的午餐。 个人奋发向上的辛勤实干是取得杰出成就所必须付出的代价，任何杰出成就都必然与好逸恶劳的懒惰品行无缘。 正是辛勤的双手和大脑才使得人们富裕起来。 事实上，任何事业追求的优秀成就都只能通过辛勤的实干才能取得。 没有辛勤的汗水，就不会有成功的喜悦与幸福。

　　"真正的幸福决不会光顾那些精神麻木、四体不勤的人们，幸福只在辛勤的劳动和晶莹的汗水中。"懒惰，只有懒惰才会使人们精神沮丧、万念俱灰；劳动，也只有劳动才能创造生活，给人们带来幸福和欢乐。 任何人只要劳动，就必然要耗费体力和精力，劳动也可能会使人们精疲力竭，但它绝对不会像懒惰一样使人精神空虚、精神沮丧、万念俱灰。 因此，一位智者认为劳动是治疗人们身心病症的最好药物。 "没有什么比无所事事、空虚无聊更为有害的了。""一个人的身心就像磨盘一样，如果把麦子放进去，它会把麦子磨成面粉，如果你不把麦子放进去，磨盘虽然也在照常运转，却不可能磨出面粉来。"只有汗水的结晶，只有辛勤的劳动才会创造出未来。

　　有些懒惰的人总想干点轻松的、简单的事情，但大自然是公平的，这些"轻松的""简单的"事情对于懒惰者而言也会变得很困难、很艰难。 那些一心只想逃避责任的懦夫迟早也会受到应得的惩罚，因为这种人总是对高尚的、有利于公众的事情不感兴趣，于是他的私欲、各种卑劣、庸俗的念头就会在他的头脑中膨胀起来，这种人的心思本来可以用在有益的、健康的事业上，结果却由于私心杂念过于膨胀，其心智脑力被各种各样琐屑、卑鄙，甚至是幻想出来的烦恼和痛苦白白地耗费了。

青年人要对自己负责，将来的生活才会充满快乐、幸福，才是成功的，而获得快乐与幸福的方法之一就是劳动。经常从事一些适宜的劳动，对每个人来说都是有益无害的。一旦离开这种经常性的、有益于身心的劳动，人们就会百无聊赖、无精打采，就会无所事事，精神萎靡不振，进而会头昏眼花，神经系统也会紊乱不堪，久而久之，身体自然会莫名其妙地垮下来，精神也会一蹶不振。千万不要陷入这种状态之中。战胜无聊和苦闷的最好办法就是勤奋地工作，满怀信心地劳动。一个人一旦参加了劳动，快乐自然就会来到你身边，无聊和单调的感觉就会逃之夭夭。工作，勤奋地工作；劳动，愉快地劳动，总是去干这样或那样有益的事情，快乐与充实自然会有了。

沈从文曾经长时间从事辛苦的文学创作工作。他自己在回忆这段时光时说："这种辛勤工作使我养成了勤奋、专注、有规律生活等良好习性，这些良好习性使我终身受益无尽。"

那些勤劳的人们总是很快就会投入到新的生活方式中去，并用自己勤劳的双手寻找、挖掘出生活中的幸福与快乐。

勤者可成事，惰者可败事

古训曰：勤者可成事，惰者可败事。 一个人要想成就一番事业，一定要守住"勤"字，忌掉"懒"字。

一项事业，人是最根本的因素。 你用什么样的态度来付出，就会有相应的成就回报你。 如果以勤付出，回报你的，也必将是丰厚的。 所以，某种意义上讲"成事在勤"实不为过。

南宋的思想家、教育家朱熹，是个从小就立志当孔子的人。在他读书时，一天上午，老师有事外出，没有上课，学徒们高兴极了，纷纷跑到院子里的沙堆上游戏、打闹。不大的天井里，欢声笑语，沸沸扬扬。这时候，老师从外面回来了。他站在门口，望着这群天真活泼的孩子们"造反"的情景，摇摇头。猛然，他发现只有朱熹一个人没有参加孩子们的打闹，他正坐在沙堆旁，用手指聚精会神地画着什么。先生慢慢地走到朱熹身边，发现他正画着易经的八卦图呢！从此，先生更对他另眼相看了。

朱熹这样好学，使他很快成为博学的人。十岁的时候，他已经能够读懂《大学》《中庸》《论语》《孟子》等儒家典籍了。孟子曾说："人人都可以成为尧舜那样的人。"当朱熹读到这句话时，高兴地跳了起来。他满怀雄心地说："是呀，圣人有什么神秘呢？只要努力，人人都能够成为圣人啊！"

高高在上的圣人其实并非可望而不可及。治学之路就如同登山，唯有攀登不辍，才能一步步靠近峰顶。"一览群山小"的圣人们的成功其实亦是由勤奋的习惯得来的。

《史记·孔子世家》记载："孔子晚而喜《易》，序《彖》《系》《象》《说卦》《文言》，读《易》韦编三绝。曰：'假我数年，若是，我于《易》则彬彬矣。'"

孔子读《易经》竟然能把编联简册的牛皮翻断三次，可见其勤奋。不管你是一个凡人，还是一个圣人，勤奋的习惯在你走向成功的努力过程中，始终不可缺少。

踏踏实实做人，实实在在办事。任何一个双手插在口袋里的人，都爬不上成功的梯子。给人留下一个实在的形象，给自己的成功增添一份夯实的基础，从实际出发，对自己负责。

爱因斯坦小的时候，有一次上制作课，老师要求每个人做一件小工艺品。课堂上，老师让学生们把他们的制作拿出来，一件一件地检查。当老师走到爱因斯坦面前时，他停住了，他拿起爱因斯坦制作的小板凳（那可不是一件成功的作品）问爱因斯坦："世上难道还有比这更坏的小板凳吗？"爱因斯坦以响亮的回答告诉老师说："有！"

然后，他又从自己的小桌里拿出了一只板凳，对老师说："这是我做的第一只。"

一个并不手巧的人最后仍然可以成为一个伟大的科学家。不巧的手因勤奋而显得举足轻重。

自身的缺点并不可怕，可怕的是缺乏勤奋的习惯。 自身之拙，可能会成为我们成功路上的障碍。 但伟人、名人就是在克服障碍后得到桂冠的。 即使是太行、王屋二山那么大的障碍也会被我们用愚公移山的精神，用勤奋一点点地挖掉，如果我们始终不放弃理想的话。 勤奋面前，再艰巨的任务都可以完成，再坚定的"山"也都会被"移走"；凡事只有踏实勤劳，才能获得真正的成功。

第三章

这十年你要学会广交朋友

学会欣赏别人

王海上大学时，班上有个很会欣赏别人的同学，常能听到他对别的同学的称赞。那时他觉得这同学挺庸俗，年纪轻轻何以学得如此世故，搞这等"阿谀奉承"，真没有意思。

不过这"庸俗"的同学在班上人缘极好，在竞争意识很浓，谁对谁都不服气，彼此讲究"封锁"的氛围里，这位同学似乎是个例外，他如鱼得水，能够和大多数同学进行交流沟通。更让人刮目相看的是，这位同学的成绩由入学时的垫底位子一路飙升。到了毕业时，他已是年级的前几名了。即便这样，还是能听到他对别人的赞扬。

后来他们又分到了同一个单位，别看这位同学其貌不扬，但特会"来事"、卖乖，见谁都打招呼，好像早就是老熟人似的；而且总听他赞扬人，一副谦虚的样子；同事再小的一点事，他都爱帮忙。

他来了不到一年，不但得到领导的首肯，许多同事，尤其是年长的同事也都很喜欢他，许多诸如学习培训、参观考察的"美差"都落到他的头上。年底，他还被评为先进工作者。而王海他们这些平时工作勤勤恳恳、自恃"清高"的人却什么也没得到。

学会欣赏别人的优点，不但体现着我们对别人的尊敬，更重要的是，它也是我们学会别人长处的前提。 一个善于学习的人，首先是一个善于欣赏的人！

圣诞节临近，美国芝加哥西北郊的帕克里奇镇到处洋溢着喜庆、热烈的节日气氛。

正在读中学的谢丽拿着一叠不久前收到的圣诞贺卡，打算在好朋友希拉里面前炫耀一番。谁知希拉里却拿出了比她多十倍的圣诞贺卡，这令她羡慕不已。

"你怎么有这么多的朋友？这中间有什么诀窍吗？"谢丽惊奇地问。

希拉里给谢丽讲了两年前她的一段经历——

一个暖洋洋的中午，我和爸爸在郊区公园散步。在那儿，我看见一个很滑稽的老太太。天气那么暖和，她却紧裹着一件厚厚的羊绒大衣，脖子上围着一条毛皮围巾，仿佛天上正下着鹅毛大雪。我轻轻地拽了一下爸爸的胳膊说："爸爸，你看那位老太太的样子多可笑呀。"当时爸爸的表情显得特别的严肃。他沉默了一会儿说："希拉里，我突然发现你缺少一种本领，你不会欣赏别人。这证明你在与别人的交往中少了一份真诚和友善。"

爸爸接着说："那位老太太穿着大衣，围着围巾，也许是生病初愈，身体还不太舒服。但你看她的表情，她注视着树枝上一朵清香、漂亮的丁香花，表情是那么的生动，你不认为很可爱吗？她渴望春天，喜欢美好的大自然。我觉得这老太太令人感动！"

爸爸领着我走到那位老太太面前，微笑着说："夫人，您欣赏春天时的神情真的令人感动，您使春天变得更美好了!"

那位老太太似乎很激动:"谢谢,谢谢您!先生。"她说着,便从提包里取出一小袋甜饼递给了我,说:"你真漂亮……"

事后,爸爸对我说:"一定要学会真诚地欣赏别人,因为每个人都有值得我们欣赏的优点。当你这样做了,你就会获得很多的朋友。"

19世纪末,美国西部的密苏里有一个坏孩子,他偷偷地向邻居家的窗户扔石头,还把死兔子装进桶里放到学校的火炉里烧烤,弄得臭气熏天。他9岁那年,父亲娶了继母,父亲告诉她要好好注意这孩子。继母好奇地接近这个孩子,当她对孩子有了了解之后说:"你错了,他不坏,而且很聪明,只是他的聪明还没有得到发挥。"继母很欣赏这个孩子,在她的引导下,这孩子的聪明找到了发挥的地方,后来成了美国当代著名的企业家和思想家,这个人就是戴尔·卡耐基。

台湾作家林清玄去一家羊肉馆用餐,老板对他说:"你还记得我吗?"林清玄说:"记不起来了。"老板拿来一张20年前的旧报纸,那里有林清玄的一篇文章,那时他在一家报社当记者。这是一篇关于小偷的报道,小偷手法高超,作案上千次,次次得手,最后栽在一个反扒高手的手上。文章感叹道:"像心思如此细密,手法如此灵巧的小偷,做任何一件事情都会有成就的吧!"老板告诉他:"我就是那个小偷,是你的这段话引导我走上了正路。"

连小偷身上也有可欣赏的地方，连小偷也能在欣赏的引导下走上正路，我们周围还有什么人不能欣赏、不能被引导呢？

学会欣赏别人吧！欣赏你的同事，你和同事之间会合作得更加亲密；欣赏你的下属，下属会工作得更加努力；欣赏你的爱人，你们的爱情会更加甜蜜；欣赏你的孩子，说不准他就是下一个卡耐基……

欣赏别人是一门学问

欣赏别人的优点，是一种包容，也是一种渊博，更是一种智慧。因为唯有了解如何去欣赏他人，我们的心中才存有敬重、谦逊和诚恳。可是要理性地去欣赏，却也是一门很高深的学问。

孔子曰："三人行，必有我师焉。择其善者而从之；其不善者而改之。"孔子一针见血地教导我们，从欣赏别人中，学习自省与自立。不必嫉妒及过分地模仿对方的优点，更不需要自卑、畏缩；而要以一个有风格、真正的自我来革除恶习，充实良知，不只是一味地被人牵着鼻子走。

相对的，欣赏别人，还要看重自己。这可以说是给自己一个充分的肯定和自信，不受卑劣的情欲左右，不被外界环境干扰，把独具的禀赋发扬光大，然而却不狂妄自大和高傲。

"神造万灵无赘品，天生我材必有用。"学着看重自己，而看重自己之余也学着欣赏别人。二者相辅相成，从并肩共进里举步。

"从一粒细沙看世界，从一朵野花想天堂；在你手掌中把握无限，在一刹那抓住永恒。"让我们好好发挥、把握和珍爱生命，最真实地从相遇的人们身上去发现、欣赏并赞美，而你也将获益匪浅。

欣赏别人的优点也是这样。我们身边的每个人都有优点，这也是一种客观存在。能否认识到别人的优点，这不仅关系到你能否更好地弥补自己的不足，而且还关系到你能否有一个良好的人际关系。

但欣赏别人的优点绝不是言不由衷地溢美和逢场作戏地赞誉，而是基于事实、发自内心地赞美。欣赏别人的优点，首先你必须有一个宽广的胸怀，能正确认识别人，善于发现别人的长处，哪怕是微小的长处。如果你的心胸狭窄得装不下别人，容不得别人比你强，那么别人任何长处都会激发你忌妒的酵母，胀得你心里满满的、酸溜溜的。

欣赏别人的优点，这是你给别人的一份珍贵礼物，具有金钱无法衡量的价值。欣赏其实就是肯定。美国心理学家詹姆士说过："人最本质的需要是渴望被肯定。"欣赏便是满足了别人的这种心理需求。欣赏别人的优点，仿佛用一支火把照亮别人的生活，也照亮自己的心田，有利于发扬对方的美德和推动彼此的友谊健康地发展。

北宋时期，大文学家苏轼有一次与佛印禅师一起打坐。苏轼对佛印开玩笑说："我在打坐时，用我的天眼看到大师是团牛粪。"佛印说："我在打坐时用我的法眼看到你是如来本体。"苏轼回家后得意扬扬地告诉妹妹。苏小妹说："哥哥，你实在输得太惨了。你难道不知道修行的一切外在事物都是内心的投射吗？你的内心是一团牛粪，所以看到别人也是一团牛粪；人家内心是如来，所以看到的你也是如来。"

这个哲理小故事推而广之，还可以这样看：你喜欢别人，别人也就喜欢你；你欣赏别人，别人也就欣赏你；你帮助别人，也就是帮助自己。与人方便其实就是给自己方便。古语云："汝爱人，人恒爱之。"就是这个道理。

有人在一个生活圈子里做过这样的游戏，让每个人写出最有好感的人员名单，同时也写出最讨厌的人员名单。最后统计发现一个规律：你产生好感的那些人，往往是对你有好感的人；而你所讨厌的人，往往也是讨厌你的人。

人与人之间的关系往往是相互的，与人为善，也是与自己为善。当你用欣赏的眼光看别人时，别人也会向你投来欣赏的眼光；当你用鄙视的眼光看别人时，别人也会向你投来鄙视的眼光。盛开的鲜花会引来蜜蜂和彩蝶，而发臭的瓜果蔬菜，只能招来苍蝇和蚊子。

有人说，诽谤者的舌头杀了三个人：说话的人、听话的人和被说的人。其实，也就是这个道理。你把别人看成了"如来"，你就赢得了人心；你把别人看成了"牛粪"，你就背弃了人心，焉能不"败得很惨"？

有一个盲人打灯笼的故事。一个盲人在夜间走路，总是打着灯笼。旁人窃笑不已，问他："你走路打灯笼，岂不是白费蜡烛？"盲人正色答道："不是，我打灯是为别人照亮的，别人看见了我，就不会碰到我了。照亮别人就是照亮自己。"

上帝问一只被囚在笼中的画眉："你愿意到天堂去吗？"

"为什么呢？"

"天堂宽敞明亮，不愁吃喝。"

"可我现在也很好啊。我吃喝拉撒全由主人包办，风不吹头雨不打脸，还天天都能听主人说话唱歌。"

"可是你自由吗？"画眉沉默了。于是，上帝以胜利者的姿态把画眉带到了天堂。他把画眉安置在翡翠宫里住下，便忙着处理各种事务去了。一年后，上帝突然想起了画眉，便去翡翠宫看它，他问画眉："啊，我的孩子，你过得还好吗？"

画眉答道："感谢上帝，我活得还好。""那么，你能谈谈在天堂里生活的感受吗？"上帝真诚地说。画眉长叹一声，说："唉，这里什么都好，只是这笼子太大了，怎么飞也飞不到边。"

看来，人生若是没有相互交流和相互欣赏，即使给你天堂，也注定找不到快乐、自由的感觉，更不要说幸福了。

一个穷困潦倒的青年，流浪到巴黎，期望父亲的朋友能帮助自己找到一份谋生的差事。"数学精通吗？"父亲的朋友问他。青年摇摇头。"历史，地理怎样？"青年还是摇摇头。"那法律呢？"青年窘迫地垂下头。父亲的朋友接连发问，青年只能摇头告诉对方——自己连丝毫的优点也找不出来。"那你先把住址写下来吧。"青年写下了自己的住址，转身要走，却被父亲的朋友一把拉住了："你的名字写得很漂亮嘛，这就是你的优点啊，你不该只满足找一份糊口的工作。"数年后，青年果然写出享誉世界的经典作品。他就是家喻户晓的法国 18 世纪著名作家大仲马。

世间许多平凡之辈，都有一些小优点，但由于自卑常被忽略了。 其实，每个平淡的生命中，都蕴涵着一座丰富金矿，只要肯挖掘，就会挖出令自己都惊讶不已的宝藏……

欣赏你的对手，他就是风景

在日常生活中，人们往往视对手为"敌人"。还常常提醒自己：他是我的竞争对手，也就是我的敌人！只要他成功了，我就会被打败！因此，千万要提高警惕，不要对他有半点儿好心。如下面这个故事。

　　林芳和张萍同时进入了同一家公司，虽然两人不在同一个部门，但是公司新员工培训时，多多少少都对对方有印象。

　　林芳人长得很漂亮，身边总不乏男同事们献殷勤，加上林芳工作上又很努力，因此，同事对林芳的印象非常好。天长日久，张萍觉得林芳处处在与自己较劲。

　　张萍心里很气不过，于是找到机会就和同事讲林芳的坏话，说她的作风有问题……林芳听到同事跟她说这些，只是思考了一会儿，不说什么，仍旧很努力地工作。

　　张萍以为抓到什么把柄，于是变本加厉地诋毁林芳，有时连工作也不做了，直接跑到领导面前打林芳的小报告。但让张萍奇怪的是，林芳工作更加出色了，业绩也非常突出，而自己除了搬弄是非外，业绩平平。有一天，她终于忍不住跑到一个昔日好友那里去大吐苦水，好友听后说："其实，你又何必呢？人家并没有把你当对手，你应该把比你强的人看成风景才对啊。”

在你的人生交往中，什么人都得有所接触，对手又怎么了！对手也一样能和你坦诚相处，真心交流。只要你能放下那种狭隘的看法，不妨用一种欣赏的目光去看待对方，你就会发现，对方其实并非想象中的那样处处与你作对，他有许多东西值得你去学习和借鉴。排斥对手于事无补，甚至两败俱伤。相反，只有欣赏对手才更能征服人心。彼此用真心交流，就会开出友谊之花。使他变成你的朋友，拿对手当成动力，不是更有利于你的成功吗？

关于做人做事，一位成功者说：“为人处世，要坦诚宽容；不要耿耿于怀，小肚鸡肠。当然，尤其是对你的对手。”

而我们在这里要说的是，与人共事，要善于运用欣赏对手的原则。因为这个世界本来就没有所谓真正的敌人，有的只是竞争对手。你之所以生机勃勃，斗志昂扬，是因为有竞争对手的存在。竞争对手不是永恒不变的，今天是竞争对手，或许明天就是你的合作伙伴。“攻城为下，攻心为上”，在与对手的竞争中，能征服对方的心，才是最彻底、最高尚、最伟大的胜利。而善于欣赏对手的优点就是取得这种胜利的必要条件之一。

所以，请不要把竞争对手当作“敌人”对待，你应该看到他的优势，并且用来弥补自己的不足。用赞扬的心态去接受他，欣赏他，放下你“敌视”的心态吧！

对于在竞争中胜利的对手，你要与他握手，祝贺他、赞美他、钦佩他，如果你还能说出他在竞争中某个方面的过人之处，那就更好了。

对于失败的对手，你更要与他握手，鼓励他，同时应该赞美他某一个地方所具有的优势，并告诉他这次你虽然侥幸取胜，但赢得并不轻松。你感到心情非常愉快，并不是因为胜利而愉快，而是又从对手的身上学到了新的东西。

对于对手，你切不可嘲笑、贬低他，更不要诅咒他。因为所有的敌人可能是你的对手，但对手不一定是你的敌人，他们有可能是你前进的动力，甚至是你的朋友，乃至知音。

欣赏对手是你学会做人的一门重要课程，它有助于提高你的人格魅力，也可以净化你的心灵，洗涤你的灵魂；欣赏对手能表现出你宽宏大量的胸怀；欣赏对手能体现你高风亮节的风度；欣赏对手能展示你谦虚谨慎的作风。

是啊！何必用那种仇恨的目光看待对手呢？如果那样，你会感觉自己活得很累，却得不到半点儿好处。还不如用真诚的心灵去欣赏对手，去学习他的可贵之处。人在处世之道上离不开赞扬，欣赏对手你就会得到意想不到的收获，不仅使"敌人"变成朋友，而且还能取得对手的信任和帮助。你在走向成功的道路上不是正需要这样的人吗？

一切从友善开始

一个风雨交加的夜晚，一位行李简陋、衣衫破烂的老人来到费城的一家旅店投宿，他对伙计说："别的旅店全客满了，我能在贵处住一晚吗？"

伙计解释说："因为城里举行大型活动，所以旅店到处客满。不过，我不忍心看您没个落脚处。这样吧，我把自己的床让给您，我就在柜台上搭个铺。"

第二天早上，老人临行前对伙计说："年轻人，你当得了美国第一流旅馆的经理。兴许过些日子，我要给你盖个大旅馆。"

伙计听了，畅怀大笑。两年过去了。一天，伙计收到了一封信，邀请他去纽约回访两年前那个雨夜的客人。伙计来到了车水马龙的纽约，老人把他带到第 5 大街和第 34 街的交汇处，指着一幢巍然壮观的高楼说："年轻人，这就是为你盖的旅馆，请你当经理。"

这位年轻人就是如今纽约首屈一指的奥斯多利亚大饭店的经理乔治·波尔特，那位老人则是拥有亿万财产的石油大王保罗·盖蒂。

与人为善是一种人生智慧，有许多用智慧千方百计也得不到的东西，凭着与人为善却轻而易举就得到了。 与人为善是一种蕴藏在人内心深处的珍贵的感情，它是对人生的一种理解，对行为的一种保证。

一天，太阳和风争论谁比较强壮，风说："当然是我。你看下面那位穿着外套的老人，我打赌可以比你更快地让他把外套脱下来。"说着，风便用力对着老人吹，希望把老人的外套吹下来。但是它愈吹，老人把外套裹得愈紧。

后来，风吹累了，太阳便从云后走出来，暖洋洋地照在老人身上。没多久，老人便开始擦汗，并且把外套脱下。太阳于是对风说道："温和友善永远强过激烈狂暴。"

如寓言所蕴含的寓意一样，温和友善往往比激烈狂暴更能解决问题。

当营业部经理时，玛丽和一个雇员不和。玛丽不喜欢她的目中无人，决定找她谈谈。为了避免当众争吵，玛丽打算在家中给她打电话。"我是否要解雇她？"翻着雇员卡，玛丽若有所思。突然，9 年前发生的一件事闯入她的脑海。

那时，玛丽干着一份全日制工作，以资助丈夫迈克完成学业。终于，他毕业的日子要到了。他们的父母将从州外赶来参加他的毕业典礼，而玛丽也为那天做了许多计划。比如，毕业典礼后，去吃冰激凌，然后去镇里潇洒一回。

玛丽兴高采烈地跑进她工作的那家书店。"我要在感恩节后的那个星期六休假，"她向老板宣布，"迈克毕业了！"

"对不起，玛丽，"老板说，"假日后的周末是我们最忙碌的时间，我需要你在这儿。"

玛丽无法相信老板会如此不通情理。"可迈克和我等这天已经等了5年了啊！"她辩解说，声音因激动而发颤。

"当然，我不会在毕业典礼时，给你安排活儿。"他说。

"我根本就不能来，罗斯，"玛丽的脸因发怒而绷紧，"我不会来的！"她咆哮着冲了出去。

后来的那些天，玛丽对老板都不理不睬。他问她话时，玛丽也只是三言两语冷漠地应答。

他们的关系越来越紧张，虽然罗斯看起来依旧热诚，而且常常是笑脸相迎，可玛丽知道他心里不舒服，而她也铁了心，一定要请一天假。

他们就这样冷战了几个星期。一天，罗斯问玛丽是否愿意和他单独谈谈。于是，他们去阅览区坐了下来。玛丽盯着她的脚，告诫自己无论发生什么都要坚强地承受。显然，老板想解雇她。他不可能任她这样轻视他而无动于衷。毕竟，他是老板，而老板总是对的。

当玛丽不屑地冷冷地扫视他时，她惊讶地看到他眼中受伤的表情。"我不想在你我之间存有任何的怒气和不快，"他平静地说，"你可以在那天休假。"

玛丽不知道该说什么。她的愤怒，她的狭隘，她的孩子气的行为在他的谦卑面前是那样的微不足道。"谢谢，罗斯。"玛丽终于"挤"出了一句话，她不会忘记这件事的。

现在，这段往事又跳回玛丽的脑袋里。她怎么就忘了罗斯对她的友善呢？在过去几天里，她怎么就没有能把这种友善传递出去呢？

玛丽从雇员卡中拿出那个雇员的卡片，拨打了她的号码，并向她道歉。挂电话时，她们的关系已和好如初了。

"上帝"有办法把我们从人生中所学到的东西深藏于我们心灵深处，并在需要的时候，让它们浮现出来。有时候，对人友善比坚持"正确"更重要。

20世纪70年代，日本名古屋格木电力公司因没有处理好废水问题，使大量海洋生物死亡，严重影响了渔民的生计问题，一大群愤怒的渔民闯入了公司经理的办公室，他们要求格木电力公司减少环境污染，并且赔偿他们的直接和间接损失。

其实对环境造成这样的污染并非格木电力公司的本意，公司也一直在致力于解决环境的污染问题，但是由于成本太高，格木电力公司不得不宣告放弃，而选择将废水直接排入海洋。当接到渔民们的警告之后，格木电力公司只好采用低硫燃料以减少环境污染，可是这样一来，电的成本大大提高，急速上涨的电价又使用户们怨声载道，电力公司周围的渔民们自然也包括在这些用户当中。格木电力公司计划再建几座核电厂改变这种局面，但电厂附近的居民又不同意。

处在两难境地的格木电力公司知道面对眼前的问题只能迎难而上，逃避根本解决不了问题，而如果对渔民们采取强硬措施，也只会把事情搞得更糟，解决不了问题。于是公司首先派有关人员耐心倾听了渔民们的倾诉，对渔民们的损失表示同情，同时还主动向渔民们表达公司的歉疚之情，如此一来，渔民们的怒气逐渐平息了。接下来，公司人员又向渔民们说明了公司的难处和公司将要改变这种局面所采取的种种措施，使公众知道这是一家具有社会责任心的公司。最后，渔民们不仅理解了这家电力公司的方针、政策，谅解了他们暂时的缺点和不足，而且还积极地为公司出谋划策，使公司与渔民的矛盾最终得到了化解。

林肯说过："一滴蜜比一加仑胆汁，能捕到更多的苍蝇。"温和与友善总是比愤怒和暴力更有力，太阳能比风更快脱下你的大衣，因此，无论是做人还是做事，请记住这一点：一切从友善开始。

放下标准，用心去爱别人

爱是放下自己的标准，放下自己的信念，放下自己的"应该"与"不应该"，不加任何价值判断地理解一个人，接纳一个人，包容一个人，欣赏一个人。

不管做什么事，都会有一套标准，尤其是在职场，职场标准犹如人们在恋爱时定的爱情标准一样。在爱情的世界里，有所谓的标准吗？有人问和对方会不会开始得太快；亦有人问，她的爱情观是不是已经落伍了。要是爱情的产生时间真的有标准的话，那么这标准到底从何而来，又是谁定的？

可以说，由于每个人的职业不同，因此，职场标准也就会有所不同。每个人都是独特的，因为不同的经历、性格和成长背景会使人有不同的社会观。因此社会观念并没有所谓落伍与否，合不合潮流。遵守职场标准，便能够在一个地方长久待下去吗？如果事事都循规蹈矩，我们岂不是会活得更辛苦吗？而这样又有什么意思呢？

在纷繁复杂的世界里，很多事并没有绝对的标准，立场不同，看法也不同。这样的话，标准便无法确定。一切按标准进行，工作的质量并不见得会提高。如果我们像机器一样，只懂得按照一个个步骤进行，这样的话，在工作上哪还会有创新，哪还有什么热情所在，这样的话，工作对我们来说还有什么意义呢？

其实，在职场生存并没有所谓的标准，因为做好自己才是最重要的。如果自己都不懂得如何处理自己的处世方式，便无法很好地生存下去。 正因为没有标准，我们更要做好自己，这样才能问心无愧。

身在职场，我们努力工作其实就是为了时刻提升自己的能力，是为了自己成功的那一天，到那一刻，我们过去所有的辛勤付出都会得到回报！同事是我们职场上的伙伴，是亲密无间的朋友或者矛盾重重的对头，当我们在职场中相处时，只有亲密合作这种情绪能够保留。 职场是一个充满理性的地方，投入过多的情感只会像迷雾一样扰乱我们的视线；职场如战场，我们深深地知道这种迷雾对我们的职业生涯是致命的。 要是真的有职场标准的话，那么，用心工作，搞好人际关系，讲究职场道德，做好自己，就是最好的标准。

不同的人，应该有不同的工作态度和方式，只有这样才能使我们散发出个人独有的魅力。 因为如果每个人都按照一样的职场标准工作的话，那么所有人的职场观就会变得完全相同，这样我们便失去了自己的特色，做什么工作根本没有任何区别。

爱情其实是一个从爱自己到爱别人的过程。 同样，我们在工作当中，也应该学会从爱自己过渡到爱别人。 这个过程很简单，但这个过程同样也很复杂。 简单在于方式方法，而复杂则存在于内心。

心理学家说，现在的很多人都太爱自己了，而忽略了如何去爱别人。 不肯屈就先道歉，觉得那是丢面子；不肯主动送礼物，觉得那是虚情假意；不肯帮助别人，觉得对方可以自力更生。 那人与人之间的友谊还会存在吗？难道彼此都守护着自己的堡垒，互不干涉吗？答案当然是否定的。 爱，是一种双方的融入，是一种彼此的尊重，是一种互相的付出。 只有用心去爱别人，才能赢得别人同等的尊重和爱心。

从经济的角度看，爱的投资就好比是投资互动性很强的产业。当自己开始付出时，这付出的形式某种程度就在于各种日常事务当中。当然，这所有的一切都要建立在真心的基础之上，否则纯粹用假象堆积起来的过程也只能当成风景画，而不能真正进入其中。当然如果说自己的付出失败了，也不必因此而丧气，因为从另外的角度讲你积累了经验，为下一次爱的投资做好了准备。

从社会效益的角度看，爱别人的同时，会增加人与人之间的信任感与融合性，每个人在这个过程当中学会了尊重，懂得了宽容，了解了付出，从而使得社会上的人情味可以得到进一步增加，同时自身的愉悦感也会因此大大加强。

所有的职场沟通技巧，所有的职场理论，都是在给人们做心理调解，引导人们迈出自我的门槛，走出自我封闭的状态，融入社会中去。如果说一个人爱的能力很强，那么他只需自己给自己培训就够了；如果爱的能力欠缺，就要找到某些方式，或是朋友或是社会培训。只有学会从爱自己转移到爱别人，你才能在职场里自由驰骋。

在日常生活中，我们无论是讨厌一个人还是喜欢一个人，都习惯于按自己的标准去衡量对方：不合乎我的标准，就讨厌；合乎我的标准，就喜欢。工作守时是我的标准，如果对方是一个守时的人，我就喜欢他；如果对方常常迟到或早退，我就讨厌他，甚至把他归入不再深入交往的黑名单。衣着得体是我的标准，如果对方在乎自己的形象，我就喜欢他；而如果对方不修边幅，我就讨厌他。难道人与人的相处都是按标准进行的吗？

人类之所以不自由，就是因为都在按自己的标准看人，这样对人就太不公平了，也就是因为这种不公平，人们才会处处受限制。人与人的相处应少一点标准，多一点和谐；少一点痛苦，多一点开心。因为我们总是在用自己的信念、价值观和行为准则来衡量别人，所以我们才会滋生出喜欢和讨厌的情感。如果职场真的有标准的话，那么应该是这样的：我允许你和我有不同的看法，我接纳你与我有不同的做法，我理解你本应该与我存在差异，就像我们无法找到完全相同的两片叶子，我接受你的不同，也欣赏你的不同，我感恩因此创造的丰富多彩的世界，于是我敢说"我爱你"。放下自己的标准，从容淡定地去工作和生活吧！

算计别人就是算计自己

许多人考虑事情，总是从本位出发，首先考虑这件事情会对我有什么伤害、影响，然后才想到对别人的利益、影响。这样，就会首先考虑自己该怎么做，然后再怎么做，这样做会对自己有什么影响，那样做又会怎么样。衡量来衡量去，挑了一个自认为对自己最有好处的选项，结果，事情就按照当初自己想的进行并得到了预料的结果。

也许你以为自己会心满意足，而到最后，可能你失去的比得到的更多。算计别人害人又害己，何不放弃这种"小聪明"做个处处受人欢迎的人呢！

与人交往，难免会上当受骗。伤心难过之后，人们会有很多处理方法。性格坦荡的人在受到伤害的时候，能够以宽容之心去对待，有时甚至会一笑泯恩仇。那些心胸狭隘的人，常常不能真诚地对待别人，甚至嫉妒心异常严重，不择手段地算计别人。

春秋战国时期，孙膑、庞涓二人共同拜于鬼谷子门下，但是二人所学内容并不一样。孙膑将所学的都教给了庞涓，当孙膑问及庞涓都学了些什么的时候，庞涓总是支支吾吾，敷衍搪塞。学习了一段时间之后，庞涓自认为凭自己的能力足以纵横天下了，便下山去闯荡江湖，最后做了魏国的驸马。可是当他得知孙膑还在跟着师傅学艺的消息时，感到孙膑是自己潜在的竞争对手，必须将其除掉。在庞涓几次"盛情邀请"之下，孙膑只好应邀到了魏国。随后，庞涓陷害孙膑并挖掉了孙膑的膝盖骨，孙膑只好以装疯卖傻的方式，来打消庞涓继续残害自己的念头。最后，庞涓被困马陵道，落了一个乱箭穿身的下场。

庞涓一心想着算计别人，结果最倒霉的事情却落到了他自己身上。 有时候，坏念头会在自己身上留下难以消除的污迹，坦荡的人深明这个道理，所以他们不会无端地算计他人。

有人说，糊涂比精明好，其实糊涂之所以有时比精明好，是因为犯了错误之后，容易得到他人的原谅，大家都知道他不是故意的；而精明之所以有时会坏事，是因为精明过人往往让人不敢与之交往，不慎失误也容易被人当作机关算尽。 精于算计别人的人，不但累了自己，而且也累别人。

日常生活中，每个人都要时常提醒自己，宁愿吃一点亏，也不能为一点利益，想方设法地算计自己的朋友。 那样你会失去朋友，失去他们的关怀以及他们对你的信任。 算计别人，也许你得到了你想要的，但会失去你本来在别人那儿所拥有的。

一个精于算计的人，通常也是一个事事计较的人。 算计容易让人失掉平静，处在一事一物的纠缠里。 而一个经常失去平静的人，一般都会有较严重的焦虑症。 如果一个人长期处于焦虑状态，不但谈不上快乐，甚至可以说是痛苦的。

爱算计的人在生活中是无法得到平衡和满足的，他们总是与别人闹意见，分歧不断，内心充满了冲突。

爱算计的人，必然是一个经常注重阴暗面的人，所以他们总在发现问题、发现错误，处处担心、事事设防，内心总是灰色的。

爱算计的人，心脏的跳动比平常人快，睡眠不好，失眠也总是与之相伴。消化系统易受损害，气血不调，免疫力下降，容易患神经、皮肤疾病。最可怕的是，他们总是怀疑一切，常常把自己摆在世界的对立面，这实在是一种莫大的不幸。他们的骨子里还贪婪，这使他们的生命变得没有色彩。

李梅才四十出头，却已未老先衰，病魔与她形影不离，折磨得她痛不欲生。了解她的人都会在同情之余加上一句感叹："她太会算计了，是算计害了她。"

她与婆婆、妯娌的关系不好，一点鸡毛蒜皮的家庭利益，能让她琢磨成许多原则性的问题，亲情在她的算计中淡去，最后竟到了老死不相往来的地步。

在工作中，她也很会算计。特别是当单位评审职称、晋升干部、加薪评奖时，她会对上司和同事的一个脸色、一句不经意的话特别敏感，且能反复研究，并按照自己算计得出的结果，集中力量进行反击。于是，她人为地在自己与同事之间画了一条防线，严防死守，还不时出击，最终是伤人也伤己。

她一个知心朋友都没有，没有和谐的工作环境和家庭环境，整日被算计的焦虑困扰着，常常是坐卧不宁，苦思冥想，处心积虑，最终导致了她脱发、消瘦、心律失常。过度的算计是会致人生病、要人命的。

喜欢算计的人，容易对人、对事产生不满和愤恨，所以人际关系不佳，事情处理不好。这样的结果会使算计者穷尽心力，进行再算计、再反击，导致恶性循环。

《红楼梦》中的王熙凤就是个典型的善于算计的女人。她毒设相思局，弄权铁槛寺，弄小巧借剑杀人，瞒消息设奇谋，终于"机关算尽太聪明，反算了卿卿性命"。

刘备工于心计，直到临死前仍念念不忘束缚诸葛亮，给诸葛亮套上了一个紧箍咒，最后自己也因算计过度，付出了心血和生命。

人们常说："大事聪明，小事糊涂。"算计的对立面是糊涂。对于大事，原则问题，应该头脑清醒，毫不含糊。对那些不中听的话和看不惯的事，装作没听见和没看见，这种"小事糊涂"的处世态度，不仅可以为你赢得良好的人际关系，也是健康长寿的秘诀之一。

如果一个人能做到"小事糊涂"，心胸就会开阔，就会使他人感到可敬、可亲、可爱，从而使自己的内心获得温暖与满足。在遇到人际纷争的事情时，就能让人三分，息事宁人，使紧张的气氛变得轻松。特别是当处在困境或遭遇挫折时，糊涂更能帮助人消除心理上的痛苦和疲倦。

摈弃猜疑，迎来友谊

培根说："疑心病是友谊的毒药。"

现实生活中，很多人存在着猜疑、不信任他人的不良心态。猜疑是人性的弱点之一，历来是害人害己的祸根，是卑鄙灵魂的伙伴。一个人一旦掉进猜疑的陷阱里，就会处处神经过敏，事事捕风捉影，对他人失去信任，对自己同样心生疑窦，不仅损害正常的人际关系，还损害自己的身心健康。

有这样一个故事：有一个人，丢失了一把斧子，他怀疑是他的邻居偷了。他留心观察，觉得邻居走路、说话、神态都像是偷了他的斧子，他肯定邻居就是小偷。不久，他在自家地里找到了斧子，再观察邻居，觉得他说话、走路、神态竟全然没了小偷的样子。

为什么这个丢斧者会对同一个人做出前后两种截然不同的判断呢？这足以说明猜疑是一种主观的想象和推测，它不是以客观事实为依据的。喜欢猜疑的人通常有以下几个特征：

一是没有健康的心理。别人善意的、正常的言行他们常常会歪曲地去理解。例如别人赞扬他，他会怀疑是在挖苦、讥讽他；别人批评他，他会认为是攻击他；别人不理他，他怀疑别人是在孤立他。过度猜疑使其心胸狭窄，无法容纳别人对他的正确评价。

二是想法过于主观。他们总是戴着"有色眼镜"去观察人，用别人的举动来验证而不是修正自己的看法，因而常常歪曲事实，对别人产生怀疑。

三是缺乏自信。他们总要以别人的评价来作为衡量自己言行的是非标准，很在乎别人的说长道短。当别人的态度不够明朗时，他就要从不利于自己的方面去猜疑、怀疑，自寻烦恼。

喜欢听信流言，不做调查分析，从而产生疑虑。任何时候，猜疑都是人际关系的大敌。它会破坏朋友间的友谊，疏远同学间的关系，无端地挑起同学和朋友间的矛盾纠纷，也很影响自己的情绪。生活在猜疑中的人，总是郁郁寡欢，缺少内心的宁静。如《红楼梦》中的林黛玉就是个疑心病很重的人。本来她的身体就弱，再加上常常在猜疑中度日，使自己情绪沮丧，常暗自垂泪，结果是身心俱损，不幸病逝。

日常生活中，常会遇到一些疑心很重的人，他们整天疑心重重、无中生有，认为人人都不可信、不可交。如看见几个人背着他讲话，就怀疑是在讲他的坏话；别人对他态度冷淡一些，又会觉得别人对自己有了看法等。他们总觉得别人在背后说自己坏话，或给自己使坏。喜欢猜疑的人总是特别留心外界和别人对自己的态度，有时别人脱口而出的一句话他也会琢磨半天，努力发现其中的"潜台词"，这样的心态使他不能轻松自然地与人交往，久而久之不仅自己心情不好，也影响人际关系。

总是对别人无端地猜疑，说是无端，实则有端，猜疑源于褊狭的心性。"以小人之心，度君子之腹"，疑心太重的人，总怕别人争夺自己的所爱、所求、所得，怕别人损害自己的利益，终日疑神疑鬼，顾虑重重。如果你总是对别人不放心，那么别人还能对你坚信不疑吗？虽然说防人之心不可无，但是如果时时提防、处处疑心，永远都不会交到知心朋友。

"宋有富人，天雨墙坏。其子曰：'不筑，必将有盗。'其邻人之父亦云。暮而果大亡其财，其家甚智其子，而疑邻人之父。"这就是众所周知的"智子疑邻"的故事。

由此可见，猜疑让善意被曲解为恶意，让好心被认为歹心，从而扭曲了事情的本来面目。

猜疑心重的人总是无中生有地起疑心，对人对事不放心，小心过甚。人有了猜疑之心，对待朋友、看待事物，就不能从客观实际出发，进行合乎逻辑的判断、推理，而是凭借一点表面现象，主观臆断，随意夸大，进而扭曲事实，得出一个不切实际的结论，或者先入为主，先设框框，然后察言观色；甚至无中生有，把幻觉当真，把一些毫无关系的现象也当作事实材料，生拉硬拽来做证据。

猜疑使人际交往中本来很小的疙瘩发展成长期的不和。自古以来，不知有多少人因为猜疑疏远了朋友，中断了友谊，甚至断送江山。猜疑不仅害己，还殃人。

《三国演义》中有这样一段描写：曹操刺杀董卓败露后，与陈宫一起逃至吕伯奢家。曹吕两家是世交。吕伯奢一见曹操到来，本想杀一头猪款待他，可是曹操因听到磨刀之声，又听说要"缚而杀之"，便大起疑心，以为要杀自己。于是不问青红皂白，拔剑误杀无辜。

由猜疑导致的悲剧数不胜数。只有摈弃它，才能获得朋友，才能迎来友好的人际关系。那么，如何才能摈弃它呢？

喜欢猜疑的人，首先要开阔自己的心胸，加强自身的修养，培养开朗、豁达、大度的性格。需要澄清的事实，诚恳地同别人交换意见；对待鸡毛蒜皮的小事，就不要计较。不必在乎别人的态度与说法，"未做亏心事，不怕鬼敲门。""走自己的路，任别人去说吧！"这些话都是鼓励人们要心胸坦荡、豁达开朗的。人的一生，受他人的议论是在所难免的，只要时时检点自己的行为，相信别人不会跟自己过不去就可以了。相反，如果一切都要按别人的意志去做，自己又该怎么去生活？对似是而非的流言，不要偏听偏信，要理智地分析对待，静观事情的变化，不能感情用事。有些人一听到流言，就暴跳如雷，说风就是雨，迫不及待地找上门去争辩。最终却因为缺乏调查研究，很有可能找错了说理对象，反倒使自己陷入尴尬被动的局面。

过度的猜疑是自己折磨自己，"杯弓蛇影"的典故就是很好的例证。弓影投映在盛酒的杯中，好像小蛇在游动，饮者以为真的把"蛇"吞下去了，于是越想越恶心，结果害得自己重病一场。这就是所谓的天下本无事，庸人自扰之。一个人如果疑心太重，到头来只有自讨苦吃。

许多人都有猜疑别人的时候，有时疑心是人在社会生活中保护自己和预防性保护自己的正常心理活动。但疑心的程度有轻重，过于疑心和过于敏感就是不正常的了。

第四章

这十年你要学会与人交流

与人交往，贵在"交心"

与人交往，贵在"交心"。那些不能与人"交心"的人，永远只能徘徊在别人的心门之外。

亲近别人的心灵才能轻松打开封闭的心门，真正了解别人的内心需求和想法，给予贴心、适度的关怀，才能轻松获得别人积极的回应。

在一座厚实的大城门上挂着一把沉重的巨锁，铁棒、钢锯都想打开这把锁，一显自己的神通。

"我这么粗大，坚强有力，纵使这把锁再坚固，我相信凭借我的力量也能把它打开！"铁棒自以为很有办法，相信一定可以打开这把锁。可是，它在那里努力了大半天，一会儿撬，一会儿捶，一会儿砸，费了很大的劲，最后还是无法打开门锁。

钢锯嘲笑它说："你这样是不行的，要懂得巧干，看我的？"只见它拉开架势，一会儿左锯锯，一会儿右拉拉，可是那把大锁丝毫不为所动。

就在它们两个垂头丧气的时候，一把毫不起眼的钥匙不声不响地出现了。

"要不我来试试吧？"小小的钥匙对两位气喘吁吁的败将说。

"你？"铁棒和钢锯不屑一顾地看了看这个扁平弯曲的小东西，异口同声地说："看你这副弱不禁风的样子，我们都不行，你能行吗？"

"我试试吧！"钥匙一边说一边钻进锁孔，只见门锁"腾"地松动了一下，接着那副坚固的门锁就开了。

"你是怎么做到的？"铁棒和钢锯不解地问道。

"因为我最懂它的心。"钥匙轻柔地回答。

大多数时候，人们说话做事不能触及对方的内心，就像抓痒总是找不准地方一样，不但不能让对方舒服，反而惹得人家急躁和心烦。

人最重要的不是行走在俗世中的躯壳，而是他们心灵的感受和思想，即使是一个大俗人，也会看重他自己内心的感受，并努力按照心灵和心情的意志去说话行事。

与人交往，贵在"交心"。必要时轻轻地拨动他内心深处的一根弦，让他和你产生共鸣。一旦触摸到对方最脆弱敏感的一环，观察到他的心理状态和情绪反应，你就能轻松地软化他。你的言语就会像暖和的春风化解他冰冷的淡漠，他一切的防御都将被彻底轻轻柔柔地瓦解。

如果他害怕孤独，你就给他慰藉；如果他有所畏惧，那就给他安全感；如果他希望安静，你就让他独自待着……强迫别人的意愿或者忤逆对方的情绪都对你不利，你必须把触角伸到他的心灵中，牵引他自愿朝你敞开心扉。

无端的猜疑是对友谊的伤害

没有朋友的寂寞，是真正的寂寞。

朋友，是我们失意时对我们不离不弃的人；朋友，是我们得意时警醒我们不要忘形的人；朋友，是在我们迷茫的时候一针见血地指出我们错误的人；朋友，是我们不思进取时在后面狠狠踹上我们一脚的人。

正是因为朋友对我们的"折磨"，我们才能轻松前行。但是，如果我们没有正确意识到朋友对我们进行折磨的真正意义，我们就会在猜疑甚至怨恨中失去最纯真的友谊。

有一天，两位患难与共、形同兄弟的朋友在大沙漠中迷失了方向，面临着死亡。这时，一位老人出现了："我的孩子，前面一棵树上有两个苹果，吃下大的那个，就能摆脱死亡，走出沙漠，吃下小的那个，只能令你苟延残喘，最终还会极痛苦地死去。"两个朋友向前走了一段路，果然发现了一棵树，也发现了树上的两个苹果。可是，他们谁也不去碰那个会给人带来生命之光的果子。夜深了，两个好朋友深情地凝望着对方，他们都相信，这是他们的最后一晚。当太阳从沙漠的一端再次升起的时候，其中一个朋友醒了过来，他发现，另一位不在了，而树上只剩下了一个干干巴巴的小苹果。他失望了，不是因为死亡，而是因为朋友的背叛。他悲愤地吃下了这个苹果，继续向前方走去。大约走了半个小时，他看见了倒在地上的朋友，朋友已经停止了呼吸，可是他的手上紧紧握着一个更小的苹果。

没有朋友的寂寞，是真正的寂寞。有了朋友，人生旅途就有了一丝暖意、一抹温馨、一片绿荫。然而，朋友之间最重要的是忠诚和信任，并且来不得半点猜疑与虚假。

雷诺是一个品性不好的人，好吃懒做不说，还有小偷小摸的习惯，所有人都讨厌他，因为他借别人的钱不还，还总是赌博。几乎没人再借钱给他，即使想做个小买卖他都没有钱。于是他跑到一个久未联系的朋友家中，那是他第一次向她张口，他以为她还不知道自己的底细。雷诺很顺利地拿到了钱，在转身要走的一刹那，她叫住了他："曾有人打电话告诉我说你不会还钱，让我不要借给你，但我相信你不是那样的人，也许他们对你有误解。"在听到这句话之前，他是准备拿这1000元钱去赌博的，赢了就吃喝玩乐，输了再找人借。但这句话给了他很大的震动，他没有说话，关上门走了。然后他离开了家乡，到外地打工去了，半年后，他的朋友收到了他从外地寄来的1000元钱。三年后，雷诺衣锦还乡，把从前欠的钱全部还清了，从那次借钱开始，他知道自己应该有另一种人生，他要让人家信任他，他再也不愿做骗子了，因为是那个朋友的信任让他从此翻开了人生的另一页。

信任是友谊的重要空气，这种空气减少多少，友谊也会相应地失去多少。 信任能产生一种奇妙的作用，因为得到他人的信任，我们便会对自己充满信心。 因信任而催生的行为，会比因怀疑而导致的动作要高尚、伟大得多。 正像作家艾略特说的："谁给我们信任，谁就在给我们以教诲。"

人一生注定不能独活，除却家人的呵护，爱人的扶持，我们还需要朋友的支撑。

拥有几个真正的朋友是一笔巨大的人生财富。 风雨人生路上，朋友可以为你抵挡风寒，为你分担忧愁，为你解除痛苦和困难，他是你攀登时的一把扶梯，是你痛苦时的一剂良药，是你饥渴时的一碗清水，是你渡河时的一叶扁舟。 友谊是金钱买不来的，只有真心才能够换来的最可贵、最真实的东西。

保持和气，与人为善是人生快乐的秘诀

不和对方对抗，别人才不会和你斗气。 生活中，融合远比对抗更有乐趣。 保持和气，与人为善，是生活获取快乐的秘诀。

人与人之间在社会上或在工作中表现出的是一种相互依存的关系，不仅所肩负的事业存在共性，而且也有很多工作必须依靠合作才能完成。 否则，互相拆台，暗中作梗，明处捣乱，想把一件事情做好是不大可能的。 而让周围的人都能捧场和合作，自然需要气氛上的和谐一致。 倘若情感上互不相容，气氛上别扭紧张，就不可能协调一致地工作。

当然，每个人都有自己的个性、爱好、追求和生活方式，依各自的教养、文化水平、生活经历等区别，不可能亦不必要每个人都处处与他所处的群体合拍。 但是，我们必须懂得，任何一项事业的成功，都不可能仅靠一个人的力量，谁也不愿意成为群体中的破坏因素，被别人嫌弃而"孤军作战"，这就是共同点。 一个有修养的、集体感强的人，能够利用这一共同点，以自己的情绪、语言、得体的举止和善意的态度去感染，吸引或帮助别人，使周围的关系更和气、更融洽。

与人为善，平等尊重，是与人友好相处的基础。 应该主动热情地与周围的人接近，表示一种愿意与之交往的愿望。 如果没有这种表示，别人可能会以为你希望独立，不敢来打扰。

另外，言谈举止也是非常重要的。 谈话应选择别人感兴趣、听了愉快的话题，使人觉得你是个谈得来的朋友，只有让人从你的言谈中得到乐趣，别人才会愿意与你交谈。 我们反对一味地曲意逢

迎，但是善意、友好的称赞会使人愉快，刻薄、不善意的取笑会让人感到自尊心受到伤害而不和你接近。

任何人和任何事情都不可能尽善尽美、尽如人意，善于发现别人的长处，认识到大多数人都是通情达理的，会使自己以宽容的态度与人相处。谁都会有不顺心的时候，善于克制自己的情绪，约束自己的行为，而在别人产生消极情绪时又能予以谅解，这正是一种有教养的表现，它会使人处处感到你友好的愿望。

其实，哪一个地方的人都不难相处，能否友好相处，主要取决于自己。据美国出版的《成功的座右铭》一书介绍，一所大学的研究结果表明，显示一种真正以友谊待人的态度，60％～90％的高比率是可以引起对方友好的反应的。领导此项研究的博士说"爱产生爱，恨产生恨"，这句话大致是不会错的。

与周围的人保持和气与友爱，最大的原则是不要随意批评他人，尽量地少批评或委婉批评。

美国俄克拉荷马州恩尼德市的江士顿，是一家工程公司的安全协调员。他的职责之一是监督工地工作的员工戴上安全帽。他说他一碰到没有戴安全帽的人，就官腔官调地告诉他们，要他们必须遵守公司的规定。员工虽然接受了他的纠正，却满肚子的不高兴，而常常在他离开以后又把安全帽拿了下来。

他决定采取另一种方式。下一次他发现有人不戴安全帽的时候，他就问他们是不是安全帽戴起来不舒服，或者有什么不适合的地方。然后他以令人愉快的声调提醒他们，戴安全帽的目的是保护他们不受到伤害，建议他们工作的时候一定要戴安全帽。结果是遵守规定戴安全帽的人愈来愈多，而且这种方式不会造成愤恨或情绪上的不满。

倾听是一种法宝

人往往对自己的事情感兴趣，对自己的问题更关注，更喜欢自我表现，当谈论一些关于自己的事情时就会兴趣盎然、滔滔不绝，这就是人的本性，再正常不过的事情。

但是如果你依着本性行事，不管在什么地方、什么场合，都拿自己最感兴趣的话题当成双方谈话的主题，不给别人说话的机会，那你一定不会招人喜欢。因为你这样饶有兴趣地侃侃而谈，是对对方的一种忽视，会让他有一种不被尊重和重视的感觉。

卡耐基曾说："专心听别人讲话的态度，是我们所能给予别人的最大赞美。"如果你希望别人认同你和喜欢你，你必须学会倾听，不管他说什么都兴味盎然，你将发现，即使一个最顽固的人，也会在一个有耐心和同情心的听者面前软化下来，变得像小猫一样乖顺。

一个人在一家商场买了一套西服，因为掉颜色的问题，要求退货，而售货员坚持说是顾客自己的问题，所以两个人就争执起来。争吵声引来了商店经理，售货员想向经理解释，但被经理制止了。

经理走到顾客面前，真诚地向其道歉，然后又请他在旁边的沙发上坐下来，把具体的情况说一下。经理诚恳地静静听完顾客的抱怨和牢骚，等顾客说完，他才让售货员说话。

当彻底了解清楚争吵的来龙去脉后，经理真诚地对顾客说："真是万分抱歉，我不知道这种西服会掉颜色。现在怎么处理，本店完全听从您的意见。"

顾客说："那么，你知道有什么法子可以防止西服掉颜色吗？"

经理问："能否请您试穿一周，然后再做决定？如果到时候您还不满意，那么我们无条件让您退货，好吗？"

结果，顾客穿了一周后，西服果然没有再掉颜色。

这位经理就是有效地利用了倾听这一技巧，使得本来剑拔弩张的气氛缓和下来，并最终轻松地解决了问题，这就是倾听的巨大魅力。

在人际交往中，仔细认真地倾听对方说话，是对对方的尊重，基于此，你也会得到对方的尊重和喜欢，于是，说者对听者就会产生一个感情上的飞跃。

事实上，在潜意识里，每个人都认为自己的声音是最重要的、最动听的，并且每个人都有迫不及待表达自己的愿望。在这种情况下，友善的倾听者自然会成为最受欢迎的人。

当然，"倾听"绝对不是一个简单的听与不听的问题。倾听不仅是聆听，还要有所反应，除了做一些必要的"小动作"外，还得动一动自己的嘴，恰当的附和不但表示你对说话者观点的赞赏，而且还对他暗含鼓励之意。

当你对他的话表示赞同时，你可以说：

"你说得太好了！"

"非常正确！"

"这确实让人生气！"

这些简洁的附和让说话者为想释放的情感找到了载体，表明了你对他的理解和支持。

当然，我们还可以向说话者提一些问题。这些提问既能表明你对说话者话题的关注，又能使说话者更愿意说出欲说无由的得意之言，也更愿意与你进一步交流。

美国"汽车推销大王"乔伊·吉拉德最好的纪录是一年推销各类汽车1425辆，平均每天推销3.9辆，令人叹为观止。

虽然被誉为"汽车推销大王"，但吉拉德仍然有一些不成功的记录，其中有一次他印象特别深刻，原因是他没有认真倾听客户的一些家庭琐事。

事情是这样的，一位顾客慕名找到吉拉德咨询购车事宜，吉拉德根据他家的经济情况，向他推荐了一种对他较为合适的新款车，客户也很高兴，但在即将成交之际，客户忽然改变了主意。

吉拉德感到很突然，百思不得其解，不知究竟在哪里得罪了客户。回到家里，他翻来覆去睡不好觉。他实在想问个清楚，时近午夜还是拨通了客户的电话：

"您好！我今天向您推销的新款车，性能、价格都很适合您，本来您已经准备签字了，为什么又突然变卦了呢？"

深夜来电，客户当然不高兴："喂，你知道现在几点了吗？"

"很抱歉，现在确实很晚了，但我苦思冥想了半天，实在想不出自己什么地方做错了，只好打电话向您讨教，否则今晚我会睡不好觉的。"吉拉德自知不太礼貌，语气十分谦恭。

"那你现在在用心听我说话了吗？"对方问他。

"当然，我在用心倾听。"

"很好。但是下午你并没有用心听我说话，就在签字之前，我说我的宝贝儿子即将去密歇根大学读书，我很在乎我的儿子，一家都以他为荣，我还跟你说到他的运动成绩和他的远大抱负，可你对这些根本不在乎，对我的话不屑一顾，我不想从一个不尊重我的人那里买东西！"

简直难以想象，仅仅因为没有认真听客户拉家常，就吹了卖车的生意。吉拉德对此感触犹深：营销员要学会倾听，尽管像上面这样的客户比较特殊，但大多数客户都是喜欢你能认真倾听他的见解、意见，甚至唠叨、抱怨等，因为认真倾听意味着你非常尊重他。在认真倾听的基础上，最好还能适时得体地表达你自己的感受，如你对他的见解表示附和或赞同，他会认为是遇到了值得信任的朋友，有了共同语言，推销当然也就顺理成章了。

韦恩是罗宾见到的最受欢迎的人士之一。他总能受到邀请，经常有人请他参加聚会、共进午餐、担任基瓦尼斯国际或扶轮国际的客座发言人，打高尔夫球或网球。

一天晚上，罗宾碰巧到一个朋友家参加一次小型社交活动。他发现韦恩和一个漂亮女孩坐在一个角落里。出于好奇，罗宾远远地注意了一段时间。罗宾发现那位年轻女士一直在说，而韦恩好像一句话也没说。他只是有时笑一笑，点一点头，仅此而已。几小时后，他们起身，谢过男女主人，走了。

第二天，罗宾见到韦恩时禁不住问道："昨天晚上我在斯旺森家看见你和最迷人的女孩在一起，她好像完全被你吸引住了。你怎么抓住她的注意力的？"

"很简单。"韦恩说，斯旺森太太把乔安介绍给我，我只对她说："你的皮肤晒得真漂亮，在冬季也这么漂亮，是怎么做到的？你去哪了？阿卡普尔科还是夏威夷？"

"夏威夷。"她说，"夏威夷永远都风景如画。"

"你能把一切都告诉我吗？"我说。

"当然。"她回答。我们就找了个安静的角落，接下去的两个小时她一直在谈夏威夷。

"今天早晨乔安打电话给我，说她很喜欢我陪她。她说很想再见到我，因为我是最有意思的谈伴。但说实话，我整个晚上没说几句话。"

看出韦恩受欢迎的秘诀了吗？很简单，韦恩只是让乔安谈自己。他对每个人都这样——对他人说："请告诉我这一切。"这足以让一般人激动好几个小时。人们喜欢韦恩，就因为他注意他们。

一天早上，一位怒气冲冲的顾客冲进迪特毛料公司创始人迪特的办公室。他是为了15美元而专程从外地到这儿来的。

事情的起因是，这位顾客因为购买迪特公司的西装毛料，欠了该公司15美元。公司信托部门给他写了几封信催促他把账结了，可是他却忘了这笔欠款，而且认为是公司弄错了。于是便收拾行李来到芝加哥，要弄个清楚。

满脸怒意的顾客一进办公室，就坚决认为是公司搞错了。他说他不但不出这笔钱，而且一辈子也不买迪特公司的任何东西。

在顾客生气地发牢骚时，迪特一直心平气和地听着，没有打断他。直到客人说完，他才平静地说："我要感谢您到芝加哥来告诉我这件事。您帮了我一个大忙，因为如果我们的信托部门给您增添了麻烦，他们也就同样可能干扰了别的顾客，那就太不幸了。相信我，我比您更想听到您所告诉我的。"

顾客做梦也没有想到会听到这样的回答，甚至，因为他的牢骚话和生气的态度没有得到想象中的效果而有点儿失望。

迪特接着说："您是一位十分仔细的人，只有一份账目，不大可能出错。而公司职员要管几千份账目，因而非常容易出错。请放心，这笔账将就此消除。既然您不再买我们的毛料，那么，我可以向您推荐别的毛料公司。"

迪特还像以前一样，请顾客共进午餐。顾客不好意思地接受了。吃完以后，回到办公室，顾客出人意料地和迪特签订了一个很大数量的订货单。

事情结束了，双方都感到很愉快。不久之后，迪特意外地收到了一张 15 美元的支票还有一封致歉信。原来，那位顾客回家后又重新看了账单，发现有一张放错了地方，因而把它忘记了。

从这时开始，直到这位顾客 22 年后去世，他一直是迪特公司的顾客和朋友。

积极倾听是一种非常好的回应方式，既能鼓励对方继续说下去，又能保证你理解对方所说的内容。要熟练地使用这种技巧，首先要知道，当别人和你说话时发生了什么样的事情。

很久很久以前，有一个蒙古的部落使者到中国来，进贡了三个一模一样的金人，金碧辉煌，把皇帝高兴坏了。可是这个部落大使不厚道，同时出了一道题目给皇帝：这三个金人哪个最有价值？

皇帝想了许多的办法，请来全国最好的珠宝匠检查那三个金色小人，称重量，看做工，所有测量办法的结果都是一模一样的。怎么办？使者还等着回去汇报呢。泱泱大国，不会连这么个小事都不懂吧？

最后，有一位退位的老大臣说他有办法。皇帝将使者请到大殿，老臣胸有成竹地拿着三根稻草分别插入三个金人的耳朵眼……

插入第一个金人的耳朵里，这稻草从另一边耳朵出来了；第二个金人的稻草从嘴巴里直接掉出来；而第三个金人，稻草进去后掉进了肚子里，什么响动也没有。老臣说："第三个金人最有价值！"使者默默无语，答案正确。

最有价值的人，不一定是最能说的人。老天给我们两只耳朵一个嘴巴，本来就是让我们多听少说的。善于倾听，才是成熟的人最基本的素质。

沟通是消除矛盾的良方

职场中的不少人际矛盾是由于彼此之间的沟通不畅引起的，因此，学会与他人进行高效的沟通，是消除人际矛盾的一个重要方式。

当代社会，"地球村"不再是神话，沟通对个人身心健康、人格的健全和完善、人际关系的冲突的解决，乃至于社会各行业间、各部门间的分工协作都具有至关重要的作用。随着社会的发展，现代人自我意识的增强，各种文化的融合，世界一体化趋势的增强，沟通显得比以往任何时代都更为重要。沟通，已经成为我们这个时代的重大主题。因此，一个成功的人，首先是一个沟通的高手。

沟通关键是寻找和建立协议的基点，以便发展一种能够指导重大联合行动的认同感。一个人若是准备同他人建立有效的人际关系，就必须首先承认他人价值观中的独特之处，并向他人表示支持和承认。当今社会，沟通的实质是一个人首先承认他人所选择的文化组织和人际关系，进而掌握改善这些关系所必需的技巧。人际沟通以建立和维持人际关系为内容，其重点是把那些先前已有的组织、文化和跨文化沟通系统充分联结起来。

1. 沟通应因人而异

沟通就是"看人说话"，就是"到什么山上唱什么歌"，沟通高手都能看准对象，因人而异地采取沟通策略。

所以，在沟通之前，有心计的人都会分析判断自己的沟通对象属于哪一种类型。

一般来讲，沟通对象的类型不外乎以下四个派别：

（1）直观派。 其特点是爱幻想，有创造力，勇于创新。 直观派注重原始观念，勇于尝试。 他们想得较长远，且具整体性，常被视为理想派。

（2）思考派。 其特点是注重事实、逻辑与系统分析，较保守、谨慎。 喜欢汇集所有相关资料，然后再据以权衡、推断，并选定多种选择方案中的一种。 思考派偏爱以逻辑、按部就班的途径来解决问题。

（3）情感派。 其特点是率直、感情用事，注重印象与关系。 情感派爱把其工作环境个人化，在个人及工作上的交往喜好较开放、坦诚，且常凭感觉做决策。

（4）感应派。 其特点是强调行动、当机立断，注重最终结果。感应派果断、步调快且有自信，偏爱"现在就动手"的做事方式，常被视为真正能使事情实现的行动者。

一个堪称沟通高手的人，能够依据沟通对象的不同特点，灵活机智地采用沟通策略，以解除对方的抗拒心理，达到自己的期望目标。

（1）应对直观派的方法。 直观派希望得到你的尊敬。 当他提出意见，你要说"这点我们将予以重视"，并表现出你对他所说论点的了解与重视。 直观派会知道他的意见已被重视，而继续与你谈下去。

（2）应对思考派的方法。 思考派偏爱慢步调、就事论事的作风。 与他争论会令他不安，最好以提出问题的方式，让他从另一个角度对事情做重新调整。

（3）应对情感派的方法。 情感派喜欢强调保证的作风。 他爱与人套交情，必要的话，你应以人格保证，生意成交后，你还会回来确定一切都没出错。

(4)应对感应派的方法。 感应派爱争辩、讨价还价，一定要觉得自己已占了便宜。 对付他最好的办法，就是送一打美酒，邀他到最好的餐厅吃顿饭，给以"好处"。

2.同步是沟通的第一步

在实际的沟通中，彼此认同既是一种可以直达心灵的技巧，又是沟通的动机之一。 在认同的基础上，外在技巧和内在动机就结合得比较完美。 认同经由同步而来，沟通关系都是从同步开始跨出第一步的。 并且，双方的目的几乎就是达到同步，这就形成了一个奇妙的过程：同步——认同——同步。

毫无疑问，后一个同步是在认同基础上达成的共识和一致行动，相比前一个同步已经产生了质的飞跃。

作为沟通的第一步，同步指的是沟通双方彼此经过协调后所形成的、有意要达到同样目标时所采取的相互呼应、步调一致的态度。 它意味着沟通在经过彼此的默许和暗示之后正走在通向顺利的路上。

当沟通双方相互从对方的视野看问题时，同步就开始了。 于是，彼此都寻找共同点。 各种共同点综合起来，沟通的可行性就大了。 所以说，要沟通首先就得寻求同步。

3.投其所好，使沟通顺畅进行

无论是在何种场合下与人交际，我们都可以通过多种渠道了解到对方的喜好。 对他人喜好之物显示出浓厚兴趣。 这样会很快地找到沟通的共同点和切入点，使沟通顺畅进行。

投其所好并不是容易的，这个问题不适合主动谈起，更多的是要暗示，因为不经意和他人的兴趣爱好相一致，会更令对方兴奋。如果主动谈起，往往达不到效果。 比如说一个喜欢写诗的人，你要是主动去和他大谈特谈写诗，他可能很厌烦，因为这方面他是专家，你所说的在他看来一句都说不到点子上。 如果你无意中表示出兴趣，让他来谈论，你们的沟通就会很迅速地达到融洽。 不经意地表达出和他人一样的兴趣爱好，会让他人主动趋近你。

因此，要投其所好，最关键的一点是了解到他人真正的兴趣爱好，自己也得在这个爱好上有所准备，沟通时不经意地流露你也有同样的爱好。

沟通的目的，就是为了和对方互通有无，相互取长补短，进而优势互补，资源共享。

换位思考是成功者的智慧

成大事者在遇到难题时善于换位思考，即从另外一个角度重新审视自己和环境，以便找到新的人生机遇和突破点。这就是说，换位思考是成功者的手段之一。

很多人不敢创新，或者说不愿意创新，是因为他们头脑中关于得、失、是、非、安全、冒险等价值判断的标准已经固定，这使他们常常不能换一个角度想问题。

举一个例子，假如有一个人有100％的机会赢80块钱，同时还有85％的机会赢100块钱，但是有15％的机会什么都不赢。在这种情况下，这个人会选择最保险安稳的方式——选择80块钱而不愿冒一点险去赢那100块钱。可如果换一种方法来设定这个问题，一个人有100％的机会输掉80块钱，另外一个可能是有85％的机会输掉100块钱，但是也有15％的机会什么都不输。这个时候，人们都会选择后者，赌一把呗，说不定能少输点儿。

这个例子使我们明白，平时我们之所以不能创新，或不敢创新，常常是因为我们从惯性思维出发，以致顾虑重重，畏首畏尾，而一旦我们把同一问题换一面来考虑，就会发现很多新的机会、新的成功。

著名的化学家罗勃·梭特曼发现了带离子的糖分子对人身体是很重要的。他想了很多方法以求证明，都没有成功。直到有一天，他突然想起不从无机化学的观点而从有机化学的观点来看这个问题，才得以成功。

当然，作为在平凡生活中追求财富和梦想的普通人，换一个角度想问题的方法所取得的成效，不亚于科学家们的新发现。

麦克是一家大公司的高级主管，他面临一个两难的境地：一方面，他非常喜欢自己的工作，也很喜欢跟随工作而来的丰厚薪水——他的职位使他的薪水有只增不减的好处。

但是，另一方面，他非常讨厌他的主管，经过多年的忍受，最近他发觉已经到了忍无可忍的地步了。在经过慎重思考之后，他决定去猎头公司重新谋一个别的公司的职位。猎头公司告诉他以他的条件，再找一个类似的职位并不费劲。

回到家中，麦克把这一切告诉了他的妻子。他的妻子是一个教师，那天刚刚教学生如何重新界定问题，也就是把正在面对的问题完全颠倒过来看，不仅要跟你以往看这问题的角度不同，也要和其他人看这问题的角度不同。她把上课的内容讲给了麦克听，这给了麦克以启发，一个大胆的创意在他脑中浮现。

第二天，他又来到猎头公司，这次他是请公司替他的主管找工作。不久，他的主管接到了猎头公司打来的电话，请他去别的公司高就。尽管他完全不知道这是他的下属和猎头公司共同努力的结果，但正好这位主管对于自己现在的工作也厌倦了，没有考虑多久，他就接受了这份新工作。

这件事最美妙的地方，就在于主管接受了新的工作，结果他目前的位置就空出来了，而麦克申请到了这个位置。

这是一个真实的故事，在这个故事中，麦克本意是想为自己找个新的工作，以躲开令自己讨厌的主管。但他的太太教他换一面想问题，就是替他的主管而不是他自己找一份新的工作，结果，他不仅仍然干着自己喜欢的工作，而且摆脱了令自己烦恼的主管，还得到了意外的升迁。

一些专家在研究汽车的安全系统如何保护乘客在撞车时避免受到伤害时，最终也是得益于换个角度解决问题。他们想要解决的问题是，在汽车发生冲撞时，如何防止乘客在汽车内移动而受伤——这种伤害常常是致命的。在种种尝试均告失败后，他们想到了一个有创意的解决方法，就是不再去想如何使乘客绑在车上不动，而是去想如何设计车子的内部，使人在车祸发生时最大限度地减少伤害。结果，他们不仅成功地解决了问题，而且开启了汽车设计的新时尚。

换个角度，就换了一种思维，就打破了自己的习惯思维和固有思维，这样，必然会有不一样的结局出现。

美国在西部大开发时，传闻加州一带有金山，于是来自五湖四海的人，抱着各种各样的目的蜂拥至此，掀起了美国有史以来最大的一股淘金热。有一个人也随大流至此，很快他发现，凭一己之力，淘到金子的概率微乎其微，不如在淘金者身上做点生意，结果是，很多变卖家产去淘金的人到头来落得个两手空空，而这个人却靠从淘金者身上赚来的钱发家致富了。

原谅那些无心伤害你的人

在人的一生中，面对一个小小的过失，常常是一个淡淡的微笑，一句轻轻的歉语，就可以使内疚、紧张和不愉快化为无形；我们也常常因一件小事、一句不注意的话，使人不理解或不被信任，但不要苛求任何人，以律人之心律己，以恕己之心恕人。所谓"己所不欲，勿施于人"也寓理于此。

古时候有个宰相，一天，请来一位理发师给他理发。理发师给他理好发后，就给他修面。面修了一半，理发师忽然停下手中的剃刀，两只眼睛看着宰相的肚皮，宰相心想：肚皮有什么好看呢？就问道："你不修面，却在看我的肚皮，这是为什么？"理发师听了宰相的问话，说："人家说'宰相肚里能撑船'。我看大人的肚皮并不大，如何可以撑船呢？"宰相听了哈哈大笑，说："所谓'宰相肚里能撑船'，是说宰相气量大，对各种小事，都能容忍，从来不计较。"理发师听了，慌忙跪在地上，口中连连说："小人该死，小人该死。"宰相忙问："什么事？"理发师说："小人该死。在修面的时候，小人不小心，将大人左面的眉毛剃掉了，千万请大人恕罪。"宰相一听，十分气愤。他想，剃去了一道眉毛，如何去见皇上，又如何会客呢？正想发怒，但又一想，自己刚才讲过，宰相的气量最大，对那些小事从来不计较，现在为了一道眉毛，又怎么能治他的罪呢？想到这里，宰相只好说道："去拿一支笔来，将剃去的眉毛给我画上。"理发师就按宰相的吩咐，给宰相画上了一道眉毛。

心胸狭小的人多烦恼，别人不能公正地对待他，会使其烦恼；自己的机遇不如人，也会使其烦恼。在生活中遇到些许不顺的事情，便会叫苦连天，仿若安徒生童话中那个豌豆上的公主。

夏原吉，江西德兴人，是明宣宗时的宰相。他为人宽厚，有古君子之风。

有一次夏原吉巡视苏州，婉谢了地方官的招待，只在客店里进食。厨师做菜太咸，使他无法入口，他仅吃些白饭充饥，并不说出原因，以免厨师受责。随后他巡视淮阴，在野外休息的时候，不料马突然跑了，随从追去了好久，都不见回来。夏原吉不免有点担心，适逢有人路过，便向前问道："请问你看见前面有人在追马吗？"话刚说完，没想到那人却怒目对他答道："谁管你追马追牛？走开！我还要赶路。我看你真像一头笨牛！"这时随从正好追马回来，一听这话，立刻抓住那人，厉声呵斥，要他跪着向宰相赔礼。可是夏原吉阻止道："算了吧！他也许是赶路辛苦了，所以才急不择言。"便笑着把他放走了。

有一天，一个老仆人弄脏了皇帝赐给夏原吉的金缕衣，吓得准备逃跑。夏原吉知道了，便对他说："衣服弄脏了，可以清洗，怕什么？"又有一次，奴婢不小心打破了他心爱的砚台，躲着不敢见他，他便派人安慰她说："任何东西都有损坏的时候，我并不在意这件事呀！"因此他家中不论上下，都很和睦地相处在一起。

当他告老还乡的时候，寄居途中旅馆，一只袜子湿了，命伙计去烘干。伙计不慎，袜子被火烧坏，伙计却不敢报告；过了好久，才托人请罪。他笑着说："怎么不早告诉我呢？"就把剩下的一只袜子也丢进垃圾桶里。他回到家乡以后，每天和农人、樵夫一起谈天说笑。显得非常亲切，不知道的人，谁也看不出他是曾经做过朝廷宰相的人。

成大事业者有大胸怀。 这样的人不会成日计较于鸡毛蒜皮，整天着眼于蝇头小利，枉费许多时间和精力。

面对误解，我们可以选择沉默

人的一生难免要遇上难堪的误解，遭到他人不公正的批评甚至辱骂，但要记住：不要因对方一句不公正的批评或难听的辱骂，而变得像对方一样失去理智。

20世纪三四十年代，一直敏于行、讷于言的巴金先生，也曾受过无聊小报、社会小人的谣言攻击。巴金先生有一句斩钉截铁的话："我唯一的态度，就是不理！"因为受害者若起而反击，"小人"反倒高兴了，以为他们编造的谣言发生了作用。

精通哲学、文学和历史学的胡适先生在一封致杨杏佛的信中写道："我受了十余年的骂，从来不怨恨骂我的人。有时他们骂得不中肯，我反替他们着急；有时他们骂得太过火，反损骂者自己的人格，我更替他们不安。如果骂我而使骂者有益，便是我间接于他有恩了，我自然很情愿挨骂。"

巴金、胡适面对他人的辱骂所表现出的平静、幽默、宽容，不失为排除心理困扰的妙药良方。

人的一生都难免要遇上难堪的误解，遭到他人不公正的批评甚至辱骂。无论是卑鄙的，恶毒的，残酷的，你千万不要因为对方一句不公正的批评或难听的辱骂，就变得像对方一样失去理智。获胜的唯一战术，就是保持沉默，不和别人发生正面冲突，就连多余的解释也没有必要。因为在这种情况下，相互争吵辱骂，既不会给任何一方带来快乐，也不会给任何一方带来胜利，只会带来更大的烦恼，更大的怨恨，更大的伤害。退一步讲，在对骂中没有占上风的一方，当众出丑，带来的只是对自己鲁莽行为的悔恨。占了上风的一方，虽然把对方骂得体无完肤，又能怎么样？只能加深对立的情绪，加深对方的怨恨，在旁观者的眼里也不过是一只好斗的公鸡罢了。

某人曾受到上司的辱骂，心中非常愤慨。在回家的路上，装着满肚子的火气，想着如何回报这位辱骂者。无意之间他走进路边的玩具店，看见两个小学生指着一个存钱用的瓷人评头论足。遗憾的是他们对瓷人的夸张造型并不理解，可是瓷人坐在货架上对那些无知的指责无动于衷。某人望着这个瓷人，只觉得自己滑稽可笑，受点委屈连一个存钱用的瓷人都不如，还算什么男子汉大丈夫！这么一想，满肚子火气一下子不知跑到哪儿去了。而且对这个过去不屑一瞥的瓷人产生了好感，便掏钱买了一个，毕竟瓷人还有存钱的功能。

天津人有句老话："生气不如攒钱。"是的，一个人把宝贵的精力、宝贵的时间放在生闲气上不值得。

有人受了委屈，或受到他人的误解，总想当时解释清楚，通过解释去化解矛盾，洗刷自己的清白。其实这时最好不要去解释，最佳的办法还是保持沉默。因为这时的解释是杯水车薪，是不起任何作用的。比如，有人说他丢了钱包，你能解释清楚不是你偷的？有人背后议论你是"白痴",是"骗子",你听了能解释清楚你不是"白痴"不是"骗子"?诸如此类的解释,越解释越对自己不利。

对于外界的打击辱骂,也许我们还达不到所谓"爱敌人"的修养程度,但至少也应该爱惜自己,不要让他人来影响你的情绪和健康。有关专家认为,长期积怨不但使自己面孔僵硬而多皱,还会引起过度紧张和心脏病。

说到底,发怒会破坏我们健全的思维能力,使人难以理智地看待问题。有冲动的行为,就会带来极坏的后果。因此,无论你是普通人,还是伟人,面对他人的误解或是辱骂时,我们应该做出的最好反应仅仅是沉默。

第五章

这十年你要掌握人性的弱点

你要时刻保持你的进取心

人与生俱来都有一种惰性，这种惰性在安乐中更是恣意疯长。就像生活在温饱中的人们不懂得珍惜食物一样，生活一旦太安乐，人们就会失去继续进取或者积极进取的决心。

只有吃不饱的人才会挖空心思想着怎么弄到食物；受到嘲讽的人，更愿意下定决心改变自己；一个东西越是无法拥有，人们就越愿意去争取；而一个人的能力被否决后，他才会想着如何努力进取超越他人。物极必反，否极泰来，人只有在遭遇命运变化时才会寻求自身的改变。当然，也有一些人很自觉，无论他们身处怎样的一个环境，经历怎样的变故，都会始终如一地坚持自己的想法。有些人在各种打击中变得更加勇敢，而有些人遭遇一点挫折便会将自己的懦弱表现得淋漓尽致。但是，大多数人都会因生活的变化而改变自己，尤其当一个人的能力得不到肯定，被否决的过程中发现自己的确存在很多不足后，他们改变自己的欲望将更加强烈。而正是这种改变，使他们拥有了一种全新的人生。所以，我们要感谢那些否决我们的人，是他们让我们知道什么是进取，并有了强而有力的成功欲望。

进取是成功的关键，也是你取得收获必备的精神。没有进取心的人，就像阳光失去了温度，水流失去了源头，候鸟失去了翅膀一样，没有热情，没有追求的目标，没有前进的动力，满足于现状，过一辈子死水一样的生活。

可以说，进取心是一种能力，但不是人人都有，尤其那些生活太过安乐，遭遇挫折和打击很少的人，更加缺乏这样的能力。

农夫在挑选精良种子的过程中，随手捡起一粒秕谷随同一把石子丢在了地上，没想到他丢的过程中，不小心将一颗饱满的种子也丢了出去。两颗谷子被石子打进了土壤里。

秕谷想：唉！农夫就那么轻易地将我否决在精良种子之外，估计我真没有什么发展前景。算了，就躺在这里安安稳稳睡大觉吧！不过转头又一想，正因为我没有很强的优势，所以才被人看不起。如果我躲在这里，那岂不是承认我真的很无能？不行，我得把根扎进泥土，努力地往上长，要走过春夏秋冬，要结出丰硕的果实，我一定要向农夫证明，秕谷也可以成为一颗精良的种子。

于是，它努力地向上生长，坚强地往地底深处扎根。秋天到来时，它终于长成了一株有着饱满果实的植物，里面的种子颗颗饱满精良。

那么再来看看那颗被农夫不小心带出去的饱满种子吧！它被埋在地底下后想：我若是向上长，可能会被石块挡住去路，我若是向下扎根，可能会伤及自己脆弱的神经。我若有幸长出幼芽，肯定会被风雨摧残，若开花结果，可能会被小孩子们折断，还是躺在这里舒服、安全。

于是，它便躺在自己的安乐窝里。一日，一只觅食的公鸡过来，在地上啄来啄去，便将它啄出来，吞进了肚子。

人们在没有经历挫折失败时，总是抱着侥幸心理。大概我一直持续这样的生活就不会遭遇什么失败和不幸，于是，就躲在自己的安乐窝里得过且过，可没想到越是害怕失败，失败越容易找上门来，越觉得安全的地方，常常越不安全。我们每一个人都有与生俱来的使命，那就是争取往优等人、优质人方向迈进，即便我们是一颗秕谷，一颗被人否决的种子，我们也不能认为自己就是秕谷。 为了向自己，也向否决自己的人证明我们是优良的，我们就必须付出更多的努力去奋斗，去弥补不足，或者发展特长。 但如果你因为没有被否决过，自我感觉良好，那么你就很难看到自己的不足和缺点，自我满足欲膨胀，很容易为自己的进取心设置路障。 求证一些成功人士的案例，大多数有作为的人，都是被人否决过，或者贬低得一文不值，如爱迪生、达·芬奇、梅兰芳、大卫·科波菲尔、原一平等，许多的名人或者成功者都曾因为长相被否决、因为能力被否决、因为智商被否决。 从而促使他们努力地改变自己，用自己的成功推翻他人对自己的错误看法。

感谢那些否决我们的人，是他们触痛了我们要强的神经，加强了我们进取的决心。

做人要善良，但不能不分伪与诈

我国古代先贤孟子曾提出"性善论"之说。孟子认为，人性善是出于人的本性、天性，是每个人都普遍具有的心理活动，孟子称之为"良知""良能"。在我国几千年来的文化传统中，向善早已成为人们思想里根深蒂固的道德观念。不管是罪大恶极的犯人，还是涉世未深的懵懂少年，都知道"人应该向善"。

有人问世间最宝贵的是什么？雨果答道：善良。马克·吐温更认为善良可以使盲人"看到"，使聋人"听到"。善良的心，像真金一样闪光，像甘露一样纯洁、晶莹。善良的心胸是博大、宽宏的，能包容宇宙万物，造福于人类苍生。生命中因为有了善良，灵魂才能不断地升华，人生才经常充满喜悦。

确实如此，行善之人不求回报，却经常能收到意料之外的回馈，这也就是人们常说的因果循环的自然规律吧！但是，与孟子的"性善论"相反，荀子提出了"性恶论"，他认为人性本来就是恶的，也就告诉人们，做人不能太善良，要有"心计"，才不会被恶人所害。

究竟人性是善还是恶，并没有一个绝对的答案。人心有向善的一面，也有向恶的一面，想完全看清一个人，难之又难。不过，在现实生活中，背后下毒手的，阳奉阴违的，表里不一的，虚伪欺诈的，比比皆是。跟这样的人处处言善，估计被卖了，还在帮人数钱呢！

在影视剧里，人性的善恶都被放大了，让我们看到了人性更真实的一面。 剧中，女主角大都善良、美丽、识大体、顾大局，几乎拥有了中华民族所有的优秀传统美德。 特别是当女主角遭到奸人迫害时，这种善良更是升华到了佛才能有的境界：宽恕。 可是奸人并不这么想，只要你给他生存的机会，他就会想着法跟你过不去。 尽管女主角曾经原谅过或是拯救过敌人，到头来，又会遭到敌人的迫害。

每次看到这种场景，相信很多人都会恨得牙痒痒。 人应该向善，但是，如果善良过了头，就只能算是懦弱了。

有段时间，热播电视剧《美人心计》受人热捧，剧中窦漪房这个人物更是受到观众的普遍欢迎。她既不像传统女性那样善良完美，又不像吕后那样心狠手辣，歹毒无比，她游走在两个极端之间。对待爱人，她真诚；对待奴仆，她宽容；对待屡次背叛她的慎儿，她绝不留情。女人的善良、大气、威严、智慧，在她身上都体现得淋漓尽致。与其说《美人心计》描写的是古代宫廷内的勾心斗角，还不如说是一个古代职场人的奋斗史。

人生从某种角度来说，就是一场竞争，在了解自己、了解别人、了解社会的过程中不断完善自己，升华自己。 既然有竞争，必然会存在冲突，那么就少不了会遭遇别人设下的陷阱和圈套。 这个时候，我们就不能天真地认为善良可以感化对手。

存在这种天真想法的人，估计偶像剧看多了。 这种戏剧化的情节，恐怕只有在小说或电视里才存在吧！生活是现实的，人们为了生存，为了自身的利益，可以不惜铤而走险，可是又有几个人肯顾你的死活。 这话听起来似乎有些太悲观，但是，社会鱼龙混杂，稍不留心就有可能沦为别人利益的牺牲品，唯有小心，才能驶得万年船。 正所谓"害人之心不可有，防人之心不可无"。

在竞争中，对手什么招数都有可能使出来，我们也就需要想好各种应敌之策，来辨别真与假、伪与善，而不能仅靠善良打遍天下无敌手，况且，这样的时代根本就没有存在过。

比如，公司给了你一个去海外研修的机会，这个名额让很多人眼红，也许上司会把你叫过去说："我信任的只有你，如果你这次主动让出名额，下次你会有更好的机会。"听到这样的话，你会怎么办？肯定会有人就此做出让步了，结果，你的牺牲成就了别人，而到下一次有这样的机会时，也许你已经离开了这个公司。

在如今这个商业化的时代里，竞争异常激烈，人们为了上位，各尽其能。 前几年发生过一幕惨剧，让人性的自私与不安全感充分地暴露了出来，也许值得我们反思一下。

2011 年 10 月 13 日 17 时 30 分许，一幕惨剧发生在佛山南海黄岐广佛五金城：年仅两岁的女童小悦悦走在巷子里，被一辆面包车两次碾压，几分钟后又被一小型货柜车碾过。而让人难以理解的是，7 分钟内在女童身边经过的 18 个路人，竟然对此不闻不问。最后，一位捡垃圾的阿姨陈贤妹把小悦悦抱到路边，并找到她的妈妈。最后，小悦悦经医院全力抢救无效，永远地离开了这个世界。

小悦悦的死，拷问着人性的良知。 虽然肇事者最后受到了应有的惩罚，但是，路人冷漠的心也是造成这个悲剧的间接原因。 太多现实的例子，比如"碰瓷""讹人"事件频生，让人们不敢轻易相信他人。为了保护自己，人们的防御心理越来越强。

　　社会是向着文明发展的，但人性中有关恶的一面，不会随着社会的发展而消亡，只会换种形态存在。种种鲜活的例子向人们证明，做人需要懂得"心计"，这样才不至于被人欺。善良是社会一贯提倡的主题，我们也必然谨记遵守，只是需要多学会一些保护自己的手段。辨别伪与诈，才能避免在社会竞争的洪流中沦为别人的牺牲品。

职场也有"宫心计"，提防小人背后使坏

俗话说："林子大了，什么鸟都有。"人的一生是摆脱不了小人的。特别是在职场，小人的伤害，往往让职场人头疼。前程无忧网曾做过一个调查：如果遇上抢功小人该怎么办？数据显示，有24.78％的人选择默默忍受；23.78％的人选择"直接向老板澄清事实"；14.06％的受访者认为应该对小人的抢功行为进行反击；有13.66％的人认为，对付小人必须发挥群体的力量，使小人再无容身之地。当然也有比较中庸的做法——12.14％的人认为惹不起躲得起，不与小人计较；仅有0.92％的人表示会迫于压力与小人为伍。

小人无处不在，最让人烦恼的是他们做事从来不光明正大，习惯在背后做小动作，暗地里捣鬼，让人防不胜防。

王先生正为计划搁浅职位不保而苦恼着。这一切都来自他一位同事的陷害。当时，二人分别负责不同的项目，王先生负责的项目进展得较顺利些，如果他抢先一步完成项目，那么相对来说，他那位同事的压力就会大些，在公司的地位也会逊于王先生。

让王先生没想到的是，就在项目进行到关键时刻时，突然出现了一封无中生有的告发信，信中说他在项目中贪污，管理不善。于是，引发了上级单位的一轮调查，项目也被迫中止。虽然事后调查结果证明王先生是清白的，但是他的项目却因此受到了影响。与此同时，他的那位同事负责的项目

却在这个时候提前完成了。

后来，王先生得知是那位同事背后捣的鬼，但又苦于没有可靠的证据，这件事也就不了了之了。

分析一下职场小人的成长，他们也不是天生小人，在经历过失败和痛苦的蜕变后，变成了阴险小人。这一切都源于利益的驱使。在如今竞争日益激烈的社会中，我们除了努力工作，还需对身边的小人提高惕，以确保自己的辛勤努力得到回报。当然，这并不是说让我们去做一个小人，而是在一个小人横行的社会里，我们应该学会如何避免自己受到伤害。

我们来看看一些职场人士对付小人的招数。

故事一：

小李在一家网络公司负责国外科技动态的翻译工作，时常通过网络获取信息。这一段时间，每当清晨打开电脑时，总是发现自己原来的设置被改动了，仔细查来，发现自己的电脑中竟然出现了黄色站点。按照公司规定，公司职工是不允许玩游戏的，更不用说黄色站点了。一旦发现，轻则罚款，重则开除。因为这是利用公司的资源来满足自己的欲望。

经过仔细地观察，小李发现自己的座位下面总是有烟灰。全室中只有宋某一人吸烟，并且是住在公司的，嫌疑最大。经过询问其他人员，确定就是他所为。于是，在又一次发现自己的电脑被用过之后，小李直截了当地对宋某说："你愿意上网我管不着，但是不要动我的电脑，否则真出了问题你负不起这个责任。如果再动，别怪我直接找领导告你的黑状！"宋某以为小李只是猜测，故作生气地问道："你凭什么认为是我动过你的电脑，你告我，我还告你呢。""这地上的烟头都是你的，全屋只有你一个人抽烟，我没冤枉你吧！"小李理直气壮地说。宋某一看被抓住把柄，默然无语。从此，小李的电脑安然无恙了。

故事中，小李遇到的小人是为了满足自己的私欲，而嫁祸他人。对于这样的人，如果我们一味容忍，只会给自己带来更大的伤害。因此，遇到这样的小人，我们就要表明强硬的立场，让小人自动退缩。如果这种方法不见效，那么，也要给他回击，或是向相关人员报告这种情况，以免恶人先告状，到时让自己百口莫辩。

故事二：

小赵是某机关单位的临时工。一天，他的一位朋友委托小赵打印一份稿件，按照市面收费标准付钱。小赵手头正紧，想也没多想，便一口答应下来了。

一天晚上，小赵正在加班赶私活，恰巧被同事小王撞上。为了避免小王说出去，小赵便将自己接私活的事和盘托出。小王听后，便随口说："我正巧缺几张纸，你给我拿一下吧。"小赵为了讨好小王，只好照办。

没过多久，小王又让小赵帮忙复印一些客户的资料。公司有规定，客户的资料是不能随便透漏给别人的。小王看小赵面露难色，便凑近说："你挣的零花钱还没有请我吃饭呢。"小赵只好违心地帮了这个忙。

当小王再次让小赵帮忙时，小赵终于忍不住了："这个忙我不能帮，再帮下去我的饭碗就保不住了。"

小王冷笑了一声："你不帮饭碗照样保不住。"小赵被他这么一激，也只好狠下心来说："我不怕，大不了来个鱼死网破！"小王悻悻地走了。之后，他也没再找过小赵麻烦。

职场中有这样一类小人，自以为有对方的把柄在手，便一味要求对方做这做那，对方稍有不从，小人便以告发对方相威胁。遇到这样的小人，可以采用冷漠置之的方法，或者找出对方的"辫子"，明确告诉对方，彼此都有"辫子"在手，大不了，闹得两败俱伤。小人见机行事的本领特别高，碰上这样的对手，他也就不敢再那么猖狂了。

对付小人的方法有很多种，有人总结为"敌进我退，敌驻我扰，敌疲我打，敌退我追"。也就是说，面对小人，我们首先要提高警觉，尽量不给小人可乘之机。但是，如果小人真的侵犯到你的利益了，绝不能手软，要给对方致命一击，让他记住这个教训。不过呢，所谓"明枪易躲，暗箭难防"，与小人斗法，想全身而退，或是正当防卫，还真不是件容易的事。小人最擅长放冷箭，你想以毒攻毒，恐怕招数也光彩不到哪去。可怜大多数人都很老实，这种下三烂的招数基本上不屑用。那该怎么办？只能同仇敌忾，联合大多数人一起对付小人。

既然大家组成联盟，一起对抗小人，难免又会有人软弱，中途退缩，如果统一战线无法建立，只好等老板英明裁决了。可偏偏老板在这件事上不英明，你又不想放弃这个饭碗，只好忍了。惹不起，还躲得起，尽量闪出小人的势力范围。如果躲都躲不过，那么，估计你该换工作环境了，在一个小人横行的公司是没什么出路的。

虽然斗不过小人，你也不用担心。多行不义必自毙，小人不会一直当道，自然有更多高手去收拾他们。

小人在我们的生活中随处可见，区别只是人们遇到的多寡不同而已。既然我们无法避免小人的出没，那么，在与他们相处的时候，要注意以下几点：

首先，用不着跟小人针锋相对，小人最擅长的就是报复，与他们明争的结果会让他们感受到更多的威胁，从而做出更多不理智的行为。

其次，如果不能避免与他们发生冲突，那就要做好躲暗箭的准备，以防小人背后使坏。

最后，可以适当关心一下小人。前面曾说过，小人不是天生就是小人，他们或许因为私利等原因，给别人造成伤害。如果双方发生矛盾时，能找到一个双赢的办法，让双方达成一致，就能避免很多恶性情况发生。

换位思考，站在领导角度想问题

  林峰学的是经济管理专业，毕业后，他有两个选择，一个是到一所学校当老师，另一个是到一家大型物流公司任董事长助理。林峰毫不犹豫地选择了后者，在任职那天，前任助理告诉他："小伙子，在这里简直就是浪费时间！"

  所谓的助理其实就是个打杂儿的，主要负责收发公文、做会议记录、安排董事长的行程等。虽然他知道了自己以后的工作，但还是认为可以在这个当地赫赫有名的企业家身边学到东西。

  同样的工作，在不同人的眼中却有着天壤之别。作为董事长助理，林峰每天都能接触到公司的决策文件，他从这种文件中认真地学习领导处理问题的思路。还有厚厚的会议记录，也让他认识到了一个企业是如何经营的。他常对别人说："再没意思的工作，用老板的眼光来看待，也能看出价值所在。"

  五年过去了，说"浪费时间"的那个助理不知去向，而李林已经成为一家年盈利超过1000万元的公司的老总。一个初出茅庐的小伙子，就是因为站在领导的角度看世界，努力学习、勤奋工作，最终才促成了他日后的辉煌！

站在领导的角度想问题，实质上就是一种换位思考，就是设身处地为领导着想。领导看待问题的角度肯定和你不一样，领导关注的绝对要比你更全面。 作为一个下属，一个想成为领导臂膀，想打造自己权力后盾的下属，我们必须学会洞察领导的心理，站在领导的角度想问题。 换位思考，让自己和领导站在同一思维起点上，也许你会发现自己越来越受领导"待见"了！

换位思考，也就是心理学上的"同理心"，简单地讲就是站在对方立场思考问题的一种方式。 具体来讲就是在沟通时把自己当成沟通对象。 站在对方的角度看待问题。 因为已经换位思考，所以也就很容易理解和接纳对方的心理。

沟通的最高境界是心与心的沟通，是真诚的沟通。 在沟通中，同理心尤其重要。 英国谚语说："要想知道别人的鞋子合不合脚，穿上别人的鞋子走一走。"工作中出现沟通不畅的问题多半是因为所处不同的立场、环境所造成的。 如果能用同理心换位思考，事情也许就会得到很好的解决。

"换位"从客观上要求我们将自己的内心世界，如情感体验、思维方式等与对方联系起来，站在对方的立场上思考问题，从而与对方在情感上得到沟通！

换位思考是人际交往的基础，也是进行有效沟通的基石。 具备"同理心"更容易获得领导的信任，这种信任并不是对个人能力、专业技能的信任，而是对人格、价值观、态度的信任。 其中很重要的一点就是站在领导位置上看问题。

一个人在工作中，他的贡献或者他的价值，主要都是由他的领导来评价的，评价的标准自然也是领导设定的。 领导是一个组织的主宰者，也是所有资源的分配者。 资源怎么分配、分配的办法大多是由他说了算的，所以领导是非常重要的，这就要求我们重视领导、重视自己，更要重视从领导角度看待一切问题！

国际人力资源管理顾问安东尼博士在上人力资源管理课时说：

"企业家是世界上最苦、最累、最孤独、最不容易的人。当你将一件事看成是事业的时候，就算有千万种困难，你都必须去解决；就算有多苦，你都要坚持下去：就算和你一起战斗的战友一个个舍你而去，只要你一息尚存，就必须熬下去，"

事实上，所有的领导都是如此，领导对自己的一切资源都视若生命，只有明白了这个道理，你才能真正做到换位思考。

有一位年近五旬的开发商，从楼盘打地基到100多栋楼拔地而起天天都在现场第一线指挥，从没休息过半天。一次，楼盘的游泳池刚建成，第一次灌了满池的水清洗消毒，但水却放不出去。工程师们百思不得其解，这时，满脸疲惫的老企业家指着池底说："可能是下面的出水口堵塞了。"这些专业的工程师都说不可能，他二话没说就跳进了脏兮兮的游泳池，很快就从水里挖出一个塑料袋："我没说错吧，就是这个袋塞住了出水口。"全场寂然。

大家心里无比震撼，到底是什么原因驱使这个身价过亿的老板有如此勇气跳进满是苏打水、消毒水和泥沙的水池里呢？其实，只要做个换位思考，我们就不难发现问题的所在，但是又有多少人能真正像老板那样去为了工作"拼命"呢，只有把领导当作自己的朋友，而不是领导手中一只可有可无的棋子，才能成为领导重视的人，才能有更好的发展，才能打造属于自己的权力后盾！

那什么才是真正地站在领导的角度想问题呢？

不为失败找借口，不为成功找理由。你站在什么岗位上就该做好什么事，如果你的项目出了问题，那责任只能是你的。之所以失败，你就是最大的失误；如果成功了，也是你分内的事，会下蛋是一个母鸡应尽的责任和义务。 所以检验你是不是真正把自己放在一个领导者的角度想问题，首先要看出了问题后你的态度。 不为失败找借口，不为成功找理由，如果你还在找什么客观原因，那就说明你还没有真正站在一个领导的角度想问题！

是不是充分信任你的同事。 如果一个工作需要你和同事一起完成，除了尽责做好自己的事，还要充分信任你的工作伙伴。 领导看重的是结果，也就是最后你们拿出来的东西，对于过程老板一般是不会关注的，这就需要你多和同事合作，相信集体的力量，而不能搞什么"个人英雄主义"！信任你的伙伴，是完成一个工作的首要前提，更是站在领导者位置想问题的"试金石"！

要进入忘我的境界，投入一个公司或者单位，首先要把自己融入进去，记住，你已经不再是你自己了，而是一个团队的一分子。不能再想我要怎么怎么样，而要想我们怎么怎么样！假如你的公司是搞房地产的，看到一块地，你就应该考虑我们公司如何在这里建房子，而不是我买这块地要花多少钱！

善于隐匿，谨防自己沦为"炮灰"

《三国演义》中，有一段"曹操煮酒论英雄"的故事，大家耳熟能详。

刘备受汉献帝器重，防曹操迫害，就整日在住处后园种菜。关羽和张飞二人不明白，责怪刘备不关心天下大事，反而做这些小事。刘备则说："此非二弟所知也。"关、张二人便不再多言。

一天，关羽和张飞不在，刘备正在后园浇菜。许褚、张辽等人进入园中，邀请刘备去曹操处喝酒。二人对坐，开怀畅饮。酒至半酣，二人遥看天上变幻的风云，好像神话中传说的龙一样奇妙。曹操感叹地说："龙这种东西，好比世上的英雄。使君啊，你来说说看，当今世上，有谁能够称得上英雄？"

刘备问："袁术拥有淮南，兵广粮足，算得上英雄吗？"

曹操摇了摇头。

刘备又问："荆州的刘表、益州的刘璋、江东的孙策，以及张绣、张鲁、韩遂等人，他们算得上英雄吗？"

曹操不停地摇头。

刘备又问："袁术的堂兄袁绍，虎踞河北，麾下人才济济，应该算得上一个英雄吧？"

曹操说："袁绍看上去厉害，其实胆子很小。虽然他有很多聪明的谋士，可他自己却欠缺一个领导人应有的决断能力。像他这种人啊，干起人事来总是不愿意付出，见到一点小利益却又不顾危险，不算是什么真英雄。"

"那么，究竟谁能够称得上当世英雄呢？"曹操用手指向刘备，然后又指指自己，说了一句令人莫名惊诧的话："当今天下英雄，唯使君与操耳！"

刘备听了，心中一惊，手上拿的匙箸掉在了地上。当时正值大雨将至之际，突然雷声阵阵。刘备缓了一下神儿，从容地捡起匙箸，说："被雷声惊着了。"曹操大笑："没想到大丈夫也害怕打雷。"刘备赶忙说道："圣人听到雷声，脸色都会变，更何况是我了。"刘备几句话，就把刚才失箸的事轻轻掩饰过了。曹操也没有怀疑。

刘备深知，在曹操的势力范围内，只要自己稍微表现得突出一点，就会招来杀身之祸。他能乖乖地躲在后园种菜，不过是麻痹曹操，使其放松戒心而已。刘备用的这招，便是藏巧于拙。

在《三国演义》中，有才能的人很多，有"心计"的人却不多。关羽、张飞二人也算有才，但却读不懂刘备的良苦用心；孔融、杨修也有才，他们却因为不善隐藏自己，死在才能之上。刘备看似有些软弱，却是真正有智慧之人，否则也不会在三国风流人物中脱颖而出，被曹操公赞为英雄。

有些人是真有本事，故意隐匿；有些人却狐假虎威，自以为了不起。前者为成大事，故意表现得谨小慎微；后者成不了大事，却故意制造声势，借此炫耀，以提高自己的地位。

春秋时期，齐国宰相晏婴有一个车夫总以为能给宰相驾车是很了不起的事。不仅在官道之上驾车如飞，即使在城里拥挤的街道上，也照样驾车如飞。遇有挡道行人，举鞭即打，如扫草芥，张口即骂，如训猪狗。

一天，车夫回到家里，妻子对他说："晏子身为宰相，德高望重，我看他坐在车上，总是那么端庄谦虚。可你呢，一个车夫，却显得神气十足。你这个样子与晏子的形象太不相称了，就连我都感到羞愧！"车夫听了妻子的话，羞愧地低下了头。妻子接着说："做人不能没有修养，你应该向晏子学习谦虚的修养才对呀。"妻子的话让车夫深受启发，从此以后，车夫也变得谦虚有礼了。

大人物尚且懂得谦虚做人，小人物却爱在人前夸耀，这都是人的虚荣心在作怪。纵观古今，很多实例证明，太过高调的炫耀，不但给自己带来不了荣耀，反而会成为大家攻击的对象。

《新闻晚报》上，曾报道过这样一则新闻：年仅20岁，住着豪宅，开着豪车，各类名牌堆满房间……一个名叫郭美美的女孩进入大众的视线。她将自己奢华的生活公开到网络上，特别是她称自己是"中国红十字会商业总经理"，而在网络上引起轩然大波。尽管最后中国红十字会称"郭美美"与红十字会无关，新浪也对实名认证有误一事而致歉，但是"郭美美"这三个字已经成为网络炫富的代名词。

郭美美炫富了，结果呢？不但没有收到她所预期的那份虚荣，反而成为众人攻击的对象，而且中国红十字会也受其影响，损失惨重。在这件事中，郭美美得到了什么？除了成了网络红人，背负骂名之外，她什么都没得到。

无独有偶，"副县长女儿炫富"事件继郭美美事件后，也成为网络热议的焦点，网上爆料称某副县长女儿贴出来的照片中，右手挎一个橘红色爱马仕包，左手提一个 LV 大旅行包。结果引发网友纷纷质疑：副县长女儿的钱哪来的？

"副县长女儿炫富"无疑触痛了大众的神经。凡是与权力和财富沾边的新闻，都能引起人们极大的兴趣。这其中有真正的质疑者，也有幸灾乐祸唯恐天下不乱之人。尽管事后，当事人澄清，所谓"炫富"的包都是在淘宝网上买的山寨货，每个包的价格都在 90 元左右。但这件事却造成被波及的两家网店关门，副县长及其女儿陷入舆论的旋涡，纪检委介入调查。本想在大众面前秀一把，没想到，虚荣没捞到，却换来一些骂名。

真正富有的人大多很低调，他们不会有事没事拿自己的财富显摆，而会拿出一笔钱去做慈善。财富如此，才华也是如此。不善隐匿，还喜欢没事拿出来显摆，只会让自己沦为众矢之的。

老子曾说："良贾深藏若虚，君子盛德容貌若愚。"也就是说，善于做生意的商人，总是隐藏其宝货，不让人们轻易见到；而君子之人，品德高尚，却表现得很愚笨。这就告诫人们，不要过多炫耀自己的能力，将欲望或精力不加节制地滥用，对自己是毫无益处的。

在旧时的一些店铺里，真正的宝物大多不摆在店内，真正遇到识宝的行家，老板才会把宝物拿出来。倘若把宝物随便摆在店内，岂不会遭贼惦记？

不管是商品，还是做人，都要如此。"满招损，谦受益。"说的也是这个道理。

藏巧于拙，低姿态是最佳的自我保护之道

　　春秋时期，一个木匠带着几个徒弟到齐国去：师徒一行走到山路的一个拐弯处，看见一座土地庙，旁边有一棵高大无比的栎树：大到什么程度呢？它的树荫可以容纳几千头牛在树下休息，树干又粗又直，在几丈高之后才能见到分枝，而这些树枝粗到可以用来做造船材料的就有好几十枝。许多路人都在围观，连声称奇，只有这个木匠瞄了一眼，扭头就走。

　　徒弟们不得其解，追上师父，问道："生平从未见过这么高大华美的树木，师父怎么看都不看就走了呢？"

　　木匠回答："这棵树没什么用。用来造船，船会沉；做棺材，棺材会腐烂；做器具，器具会破裂；做门窗，门窗会流出汁液；做柱子，柱子会被虫蛀。正是因为它没有用，才会这么长寿，这么高大。"

　　晚上，木匠梦见这棵大树对他说："你怎么能说我没用呢？你想想看，那些所谓有用的橘树、梨树和柚树，在果实成熟时，就会被人拉扯攀折，树很快就会死掉。一切有用的东西无不如此。你眼中的无用，对我来说，正是大用。假如我像你所说的那样有用，岂不早就被砍了吗？"

　　木匠醒来，若有所悟。他把这个梦告诉了徒弟。徒弟问道："它既然向往无用，为什么要长在土地庙旁边呢？"木匠答道："如果它不是长在庙旁边，而是长在路中央，不也早

就被人砍掉当柴烧了吗?"

当环境不利于生存时,许多人想明哲保身,但也需要大智大勇。强出头、锋芒毕露,还妄想不遭人忌,那是不太可能的。所以要学会放低姿态。

所谓的"低姿态",讲的是我们在社会交往中所表现出的平和、谦逊、圆融及忍让等言行举止。有些时候,这种低姿态对于保护自我是必不可少的。

初涉世的年轻人往往个性张扬,率性而为,不会委曲求全,结果可能是处处碰壁。而涉世渐深后,就知道了轻重,分清了主次,学会了内敛,少出风头,不生闲气,专心做事,保持生命的低姿态,避开无谓的纷争,避开意外的伤害,更好地保全自己,发展自己,成就自己。

低头认输,对一个人来说或许很难,因为我们自打出生起就被教育要坚强不屈,勇往直前,不准轻易认输,总之是打造一个硬汉的形象。然而,人生道路上,磕磕绊绊的事谁能遇到?谁没做几件错误的事?明知错了还宁死不肯回头,那才是愚蠢。发现错误,敢于回头,这是种勇气,更是种智慧。人生的道路不可能是笔直的,需要走弯路的时候就选适当的小路,这样或许会更接近目标;前方无路可走的时候,不妨退回来,而退却,是为了更好地前进。

隋朝的时候,隋炀帝十分残暴。各地农民起义风起云涌,隋朝的许多官员也纷纷倒戈,转向农民起义军。隋炀帝的疑心很重,对朝中大臣,尤其是外藩重臣,更是易起疑心。唐国公李渊(即唐太祖)曾多次担任中央和地方官,所到之处,有目的地结纳当地的英雄豪杰,多方树恩立德,因而声望很高，许多人都来归附。这样，大家都替他担心，怕遭到隋炀帝的猜忌。正在这时，隋炀帝下诏让李渊到他的行宫去觐见。李渊因病未能前往，隋炀帝很不高兴。当时李渊的外甥女王氏是隋炀帝的妃子。隋炀帝向她问起李渊未来觐见的原因，王氏回答说是因为病了，隋炀帝又问道："会死吗？"王氏把这消息传给了李渊，李渊更加谨慎起来：他知道隋炀帝对自己起疑心了，但过早起事又力量不足，只好低头隐忍，等待时机。于是，他故意广纳贿赂，败坏自己的名声，整天沉湎于声色犬马之中，而且大肆张扬。隋炀帝听到这些，果然放松了对他的警惕。

试想，如果当初李渊不主动低头，很可能就被猜疑他的隋炀帝给除掉了，哪里还会有后来的太原起兵和大唐帝国的建立？

老子说，当坚硬的牙齿脱落时，柔软的舌头还在。 柔弱胜过坚硬，无为胜过有为。 我们学会在适当的时候保持适当的低姿态，绝不是懦弱畏缩，而是一种聪明的处世之道，是人生的大智慧、大境界。

暴露缺点并非坏事

近年来，军旅题材电视剧火爆荧屏，从《历史的天空》《激情燃烧的岁月》《突出重围》《垂直打击》《亮剑》再到《我的团长我的团》，收视率与口碑都取得了不错的成绩。细心的观众发现，这些军旅题材电视剧有一个显著的特点，就是抛弃了以往"高大全"式的虚假理想人物形象，塑造了一批有缺点的英雄人物形象。正是因为这些缺点，让观众看到了一批有血有肉、鲜活生动的形象。

《历史的天空》中，姜大牙"好起来像个大侠，坏起来像个强盗"，是一个兼具豪气与匪气的人物。《激情燃烧的岁月》中的石光荣，草莽出身，性格粗鲁，为人固执，刚愎自用，虽然是战场上的常胜将军，但在处理与家人的关系中一直磕磕碰碰。《我的团长我的团》中的那些军人，目无军纪，酷似一群流民，许多人连枪都不会使，连常规的战法也不明白，见到了小鬼子吓得两腿发颤，只晓得逃窜，像一群没头的苍蝇。然而就是这样一群人却创造了一个奇迹：他们打败了侵略者，成为保家卫国的英雄。

《亮剑》中的李云龙更具传奇色彩，一个泥腿子出身、不按常理出牌的人，竟然成为敌人闻之丧胆的头号人物。写过《血色浪漫》的编剧都梁曾说，《亮剑》中李云龙形象跟以往军人不同的是"亦正亦邪"，一方面是个铁血战士，另一方面又有农民式的狡猾性格，这在以前的作品中是鲜见的。剧中李云龙的扮演者李幼斌则认为，李云龙是"英雄"而不是"硬汉"。他的性格是多面的，打起仗来骁勇善战，跟上级常要点心眼，是很歪很邪的那种。这样的形象就远比"三大纪律八项注意"的完美军人更有看点。

实际上，"金无足赤，人无完人"，十全十美的人在这个世界上是不存在的，剧中那些英雄人物形象正是因为自身的不完美才让观众觉得真实、可爱。反而，太过完美的人物让人觉得虚伪、不真实。这种心理不仅在观看影视剧时有所体会，在人际交往中也有所体现。心理学研究表明，在人际交往中，人们并不喜欢那些在他人面前表现得完美无缺的人，而最受欢迎的恰恰是那些把真实的自我袒露在他人面前的、有一些小小缺点的人。

有位著名的心理学教授做过一个试验，他把四段情节类似的访谈录像放给被测试的对象：

在第一段录像中，接受主持人访谈的是个非常优秀的成功人士。他在自己所从事的领域里取得了辉煌的成就。面对主持人的提问，他表现得谈吐不凡，相当有自信。他的表现赢得台下观众阵阵掌声。

在第二段录像中，接受主持人访谈的也是位非常优秀的成功人士，当主持人向观众介绍他所取得的成就时，他表现得很紧张，而且略带羞涩。面对主持人的提问，他紧张得竟然碰倒了桌子上的咖啡。

在第三段录像中，接受主持人访谈的是位非常普通的人，他没有前两位成功人士那样有着骄人的成绩。在主持人的访谈中，他虽然不太紧张，也没有什么吸引人的发言，整个访谈平淡无奇。

在第四段录像中，接受主持人访谈的和第三段录像中所放的一样，也是个很普通的人。在采访的过程中，他表现得非常紧张，和第二段录像中一样，他也把身边的咖啡杯弄倒，浇湿了主持人的衣服。

四段录像放完后，教授让被测试者在这四个访谈对象中选择一个他们最喜欢的人，同时选出一位他们最不喜欢的人。

测试结果出来后，答案没什么悬念，第四段录像中那位先生成为测试者们最不喜欢的人。可令人奇怪的是，测试者们最喜欢的那个人不是第一段录像中那位几乎没有任何缺点的人，而是第二段录像中那位紧张、略带羞涩的成功人士。

这个试验印证了一个理论：对于那些成功人士来说，有些失误或细小的差错，比如打翻咖啡这样的小事，不但不会影响他在人们心目中的地位，反而让人们在心底感觉到他很真诚；而一个表现得越完美的人，越让人觉得不真实，这种不真实恰恰会降低他在人们心目中的信任度。

有位大学毕业生，在简历上写下了"不太合群"的弱点，有人提醒他，应该美化自己，怎么能暴露缺点呢！这名大学生没有听从大家的忠告，毅然写上了自己的弱点。然而意想不到的是，他被招聘单位录取了，录取的原因也很简单，倒不是因为他有多么优秀，而是因为他敢实事求是地说出自己的个性弱点，这种实事求是的精神恰是这个单位要求并欣赏的。看来，有时暴露自己某方面的弱点不但不会让自己处于劣势，反而是一种有益的处世之道。

其实，这个道理很简单，示弱可以减少很多不满和嫉妒。一些事业上的成功者，生活中的幸运儿，他们得到的一些东西往往是一些人渴望又达不到的。人们往往有一种"酸葡萄"的心理，吃不着葡萄，就说葡萄酸。 既然这样，想要建立良好的人际关系，就要学会通过暴露一些缺点的方式将其消极作用减少到最低限度。

　　小王最近的工作老出问题，被经理批评了好几次。但他在这件事上并不辩解，反而恭恭敬敬地接受经理的批评。后来，同事们发现，小王跟经理的关系相处得很融洽。工作之余，俩人有说有笑，还常一起相约去吃饭。

　　同事们有些不解，好奇心比较强的小黄悄悄问小王是怎么搞定经理的。小王笑着说："其实经理人不错，只是喜欢好为人师，爱摆弄领导权威罢了。我的业务能力一直都比较强，经理虽然也常赞许我，但是大家相处得很紧张。当我想明白了这点后，我会适当地示弱，常向经理请教问题，对于工作中出现的'失误'，我也乐于接受他的批评。事实证明我是对的。接受过几次批评之后，我和经理交流得多了，以前的很多成见和误会也消除了，双方的关系反而变得很融洽。"

在处理与领导关系的问题上，小王表现得很聪明，他故意暴露一些无关痛痒的缺点，出点小洋相，让经理抓住一些"把柄"，满足领导爱摆弄权威的虚荣心，结果营造出一个和谐的人际关系氛围。

宁可得罪君子，也不要得罪小人

人际交往中，难免会得罪人。如果你得罪的是一个君子，只要你态度诚恳，及时认错，他们就能原谅你。但得罪小人，可就要小心着点了。

人们常说，宁可得罪君子，不可得罪小人。这话说得不是没有道理。在一般情况下，人们的普遍心理都是多一事不如少一事。小人却不同，他们有恃无恐，你越是躲着他，他越追着你不放，你越怕什么，他就给你制造什么。

人们常说"小人嘴脸"，小人是什么嘴脸呢？用得着你的时候，他们能卑躬屈膝，一副奴才相地巴结你。用不着你的时候，他们也有过河拆桥，卸磨杀驴的气魄。什么"当面一套，背面一套"、"阳奉阴违"，这都是小菜一碟，小人的本事不只这些。

看过《红楼梦》的人，会发现书中有两个典型的小人代表，一个是贾雨村，恩将仇报，落井下石；另一个是贾环，小人得志，上蹿下跳。相比之下，贾雨村比贾环更小人，贾雨村把落井下石美化成大义灭亲，把自个儿伪装得很高尚，不过伪装得再好，狐狸总是要露出尾巴的；而贾环曾经也是一个很单纯的孩子，想得到祖母和父亲的宠爱，但是因其是庶出的身份，所以他心理很不平衡，便千方百计想陷害宝玉，将其置之死地。后来，贾家落败，贾环又把巧姐卖到了妓女坊，幸好刘姥姥相救，巧姐才最终脱险。

小人的心理路程很复杂，他们大多都记仇，而且报复心极强。他们能将这种报复心理藏得极深，甚至能深入骨髓，等时机来到，立马跳出来，睚眦必报。 恩将仇报的小人很多，只是他们大多情况下都伪装得很好，让人不易察觉。 一旦他们露出真面目，他们绝不手软。

虽然我们对小人深恶痛绝，不愿意与其打交道，但是，不管你愿不愿意，都不可避免地要与小人打交道。 当你在与小人打交道时务必考虑周全一点才好，最好不要与他发生正面的冲突。 论实力，小人并不强大，但他们不择手段，什么下三烂的招数都可能使出来。 如果冲突起来，纵使赢了小人，也会付出代价，惹得一身腥。因此，记住一点："待小人要宽，防小人要严。"跟他们打交道时，少说多听，不轻易许诺，不轻易褒贬他人，对小人的缺点千万不要批评。 特别是不要与小人有过密的交往，对于小人的一些无理要求，能办的一定要办，不能办必须婉言谢绝，绝对不能留下似是而非的话头。

平定"安史之乱"后，功高权重的郭子仪为防小人嫉妒，行事比以前更加低调。

一次，郭子仪生病了，朝中有一个地位比他低的官僚要来拜访。此人乃历史上声名狼藉的奸诈小人卢杞。他相貌奇丑，生就一副铁青脸，脸形宽短，鼻子扁平，两个鼻孔朝天，眼睛小得出奇，时人都把他看成是个活鬼。正因为如此，一般妇女看到他都不免掩口失笑。因家中侍女成群，郭子仪事先做了周密安排。郭子仪听到门人的报告，立即让身边人避到一旁不要露面，他独自在病榻等待。

卢杞走后，姬妾们又回到病榻前问郭子仪："许多官员都来探望您的病，你从来不让我们躲避，为什么此人前来就让我们都躲起来呢？"郭子仪微笑着说："你们有所不知，这个人相貌极为丑陋，而内心又十分阴险。你们看到他万一忍不住失声发笑，那么他一定会心存嫉恨。如果此人将来掌权，我们的家族就要遭殃了。"

　　后来，这个卢杞当了宰相，极尽报复之能事，把所有以前得罪过他的人统统陷害掉，唯独对郭子仪比较尊重，没有动他一根毫毛。

　　这件事充分反映了郭子仪对待小人的办法既周密又老练。　也许你对小人的龌龊行径很不屑，但是你不得不承认，小人的阴险手段很高超。　你任何的小疏漏，都可能成为小人置你于死地的借口。如果你不能和小人一样阴暗，你就不要得罪他。

　　想要避开小人，需要先了解小人，不是我们主动认输，而是实在没必要把精力浪费在一些没有意义的争斗上。　那么，怎样识别小人呢？我们来看看高手支的招。

　　其一，看其心胸。

　　一般来说，小人都是心胸比较狭隘的人，他们之所以对人充满仇恨，就是因为他们不能对他人的优秀之处投以由衷的赞叹。　只要一有可能就忍不住要去捣乱一番。　因此从他们的心胸上可以看出是否是小人。

　　其二，看其对权力的态度。

　　不管在什么情况下，小人的注意力总会拐弯抹角地绕向权力，在当权者面前表现出一副奴才相十足的态度。　尽管他们的言辞表面上是为当权者着想，实际上只想着当权者手上的权力和权力背后自己有可能得到的利益。因此看其对当权者的态度也会明白他们的特征。

其三，看其对麻烦事的态度。

生活中，许多人都是远离麻烦事，或者想办法把大的麻烦事化小，小的麻烦事化了。可是，小人却不同，越是麻烦事掺和得越厉害，并且还要让麻烦变大升级。因为他们知道越麻烦越容易把事情搞混，越可以趁机取利。

其四，看其胆量。

小人其实在本质上是非常胆小的，他们不是明火执仗的强盗、杀人不眨眼的刽子手。他们的行动方式大都是鬼鬼祟祟的，因为担心他人报复自己便连续不断地伤害他人。这是他们缺少安全感的表现。

其五，看其手段。

小人在处于弱势时，总是极力装出一副十分委屈的样子，声音哽咽，双眼含泪，甚至下跪磕头。其实目的是骗取你的同情心。等他的目的达到后，马上又是一副趾高气扬的模样。而且小人善用谣言，以讹传讹制造混乱的气氛。

其六，看其下场。

小人终归是小人，他们根本就没有运筹帷幄的能力，也没有统领全局的大将风度，事情往往被他们搞大后，他们会六神无主，不知如何控制局面。

通过以上这些方面，你可以观察到什么样的人符合小人的特征。

与上司抢风头，无异于自毁前程

　　乾隆年间，除了和珅、刘墉之外，纪晓岚因其过人的才智而名扬全国，他也深得皇上赏识。

　　一天，乾隆宴请大臣。当时，大臣们吃得很开心，饮得也很畅快。乾隆诗兴大发，出了一个上联："玉帝行兵，风刀雨箭云旗雷鼓天为阵。"

　　乾隆皇帝问在座百官，谁能对出下联。许久，都没有人对出。看到这种情况，乾隆皇帝很高兴。为了显示自己的才华，他点名要纪晓岚对下联，如果纪晓岚对不出，看他出出丑也好。不料，纪晓岚不慌不忙，对出了下联："龙王设宴，日灯月烛山肴海酒地当盘。"话音刚落，群臣一片赞叹。

　　乾隆皇帝却不高兴了。他面有怒色，半天不语。大家都很纳闷这皇上是怎么了。纪晓岚当然明白是自己得罪了皇上，便接着说："圣上为天子，所以风、雨、云、雷都归您调遣，威震天下；小臣酒囊饭袋，所以希望连日、月、山、海都能在酒席之中。可见，圣上是好大神威，而小臣我只不过是好大肚皮而已。"

　　乾隆一听，立马笑了，连忙表扬纪晓岚，说："饭量虽好，但若无胸藏万卷之书，又哪有这么大的肚皮？"

乾隆作为一个很有才华的一国之君，很喜欢卖弄他的文采，当然不希望被臣子比下去。而纪晓岚又确实是一个很有才华的人，如果纪晓岚太出众，抢了皇帝的风头，肯定会惹怒了皇上。还好，纪晓岚及时发现了自己的错误，并有意抬高乾隆，贬低自己。最后，君臣一唱一和，皆大欢喜。

其实，一个人的成长和进步都离不开领导者的栽培和提携。想要获得领导的欣赏，与之相处之时首要一点就是维护他的权威，懂得他内心深处的需求。只有体察到他的行事意图，才能够成为领导工作中的得力助手，不会因不慎的言辞使自己的事业横生枝节。

古人常用"伴君如伴虎"来表明臣子与君王相处时的微妙关系。今日身在职场，仍然要学会与领导相处的技巧。特别是一定要在各方面维护领导的权威，不要恃才傲物，成为领导眼中钉。对于工作中所取得的成绩，在给你带来一定的荣耀的同时，还不能忘了把这份荣誉归功于上司，把鲜花让给上司戴，把众人的目光引到上司身上。否则，独享荣耀的后果，会严重影响你在公司的人际关系。

艾米是某杂志社编辑，很有才华，她所负责的版面一直很受欢迎。在一次业内举办的评奖中，艾米获得了创新奖。她非常高兴。但不久之后，她就失去了笑容，原因是最近她的上司常给她脸色看。

朋友帮她分析。这次艾米得了创新奖，对整个杂志社来说，是一件好事，艾米因此获得了上级领导的表扬。杂志社除了给她发一大笔奖金外，还另外给了她一个红包，并当众表扬了她的成绩，说她是主编的料。没想到艾米一时高兴过了头，拿钱请了部门的同事，唯独忘了感谢自己的直接上司王主编。王主编认为艾米抢了他的风头，因此对她产生了戒备心理。

听了朋友分析，艾米才恍然大悟。

平心而论，艾米的成功是自己努力的结果。但是她犯了一个很低级的错误，拿了奖忘了上司的功劳。即使功劳都是她自己的，表面上她也必须将荣誉给自己的上司。这个道理很简单，艾米的锋芒对上司构成了威胁，使上司没有了安全感，艾米以后在人家手下自然没有好日子过了。

身处职场之中，争强好胜本没什么错，但如果你抢了上司的风头就有些不太明智了。上司能爬到今天的位置，都曾付出了数不清的艰苦与努力，自然会有一种无论在任何场合都想做主角的欲望，那么，你忽略上司的这种心理，只会惹来上司的愤恨。

如今，得罪上司会丢了饭碗，要是换在封建社会，可是会掉脑袋的。

富凯是法国国王路易十四的财政大臣。他是个生性爱挥霍的人，生活中经常充斥着奢华的宴会、漂亮的女人以及笙歌燕舞。富凯精明干练，是国王不可或缺的大臣，因此在首相马萨林去世时，他满心以为自己会被任命为继任者，没想到国王竟决定废掉首相的职位。

富凯怀疑自己已失宠，因此他决定策划一场前所未有、场面壮观的宴会来讨国王欢心。当时欧洲最显赫的贵族以及最伟大的学者都参加了这场盛大的宴会，宴会上的珍馐佳肴令客人们大开眼界。莫里哀甚至为了这次盛会写了一出剧本，并亲自表演。

宴会一直延续到深夜，宾主尽欢，所有人都认为这是最令人赞叹的盛事。然而，这次空前盛大、豪华的宴会并没有达到富凯的预期目的，他不但没有得到期望中的升职，反而在第二天一早就被国王下令逮捕了。

不久，富凯被以侵占国家财富的罪名囚禁，在一所与世隔绝的监牢里度过了人生最后的时光。

富凯为何会有如此下场？答案很简单。国王本来就傲慢自负，他不能容忍别人在任何方面超过自己，富凯这一行为，只能是自取其辱。

身在职场中，如果不锋芒毕露，可能永远得不到重用；可是，锋芒太露又易招人陷害。锋芒毕露的人虽然取得了暂时成功，却为自己掘好了坟墓；虽然施展了自己的才华，却也埋下了危机的种子。所以，当你在工作上有特别表现而受到肯定时，千万记住不要锋芒毕露，否则这份锋芒会为你带来人际关系上的危机。

其实，没有特殊的原因，员工都非常尊重自己的上司。只是有时候，你不经意的行为就会让上司觉得你不尊重他。一旦给上司留下了这样的印象，你在上司心里就贴上了诸如"傲慢""狂妄"等标签。遇到那些人品不咋样的领导，他们还会背后给你穿小鞋，甚至找借口将你辞退。

电影《与时尚同居》就讲述了这样一个故事：某杂志副主编周小辉（周渝民饰），才华横溢，在出席一次活动时，因太过张扬，抢了上司的风头，结果遭受上司（谭咏麟饰）忌讳，被上司耍手段解雇。

抢上司的风头，无异于自毁前程。 上司也是人，喜欢摆弄权威，特别是当员工对他们所说的话完全服从时，更会满足他们心里的那份虚荣心。 因此，当员工面对上司发号施令的时候，要表现出严肃的表情，并停止手头上的工作，保持安静，以示自己对上司的命令表示服从。 如果此时再平和地看着上司，让上司感觉你很重视他的讲话，那么更会让上司觉得备受尊重。 反之，当上司慷慨陈词的时候，你偷着做小动作，或者依然忙着工作，这就是明显不尊重上司的表现。 上司也许嘴上不说什么，但是，你的"罪行"已经在他心里留下阴影了。 所以，当上司发号施令的时候，一定不能犯这个低级错误。

即使上司给你安排的工作让你很不情愿，但仍然不要表现出一副爱搭不理的模样。 你的态度会让上司觉得很不舒服，似乎在针对他的工作，你就因此得罪他了。

有人深谙这种职场之道，因此在仕途发展上如鱼得水。

　　朝南和李鹏都毕业于名牌大学，两人刚入职时又都担任了总经理助理的职务，能力不相上下。但几年下来，两人的际遇却大不相同。朝南成了总经理身边的红人，从一个小职员升为部门经理，李鹏仍然是个普通职员。

　　为什么会这样呢？究其原因，就是两人在处理与领导关系上做法截然不同。朝南工作时总有不尽如人意的地方，每次总经理一点拨，他都能做得很完美。而李鹏不想劳烦总经理，就尽力把每次工作都做得挑不出毛病。

　　几年后，朝南受到重用，又高升了一步。有人便向他请教其中的奥秘，朝南微笑，道破天机："如果你的水平、才能与领导一样高，甚至比领导还高明，那还要领导干什么?"

在领导身边工作，脑子要好使，机灵，会随机应变，否则会被领导认为是没用的人。 但如果你太优秀，光芒四射，高人一筹，又会遭到领导的忌恨。 朝南就是这样以退为进，主动贬抑自己来显示领导的高明，从而使领导获得了某种心理上的满足感和成就感，进而使自己晋升成功。

聪明的下属不一定非要揣摩清楚领导的意图，但是要了解领导那种微妙的心理，懂得如何适时地把自己的功劳归于上司。 虽然这样做会有委屈自己和逢迎拍马之嫌，但这就是职场，谁让你是下属，而他是上司呢? 做上司的光芒如果还不如下属夺目，这样他们颜面何存? 因此，抢了上司的风头，会让上司感到恐惧和不安，上司自然容不下你。 因此，你要做的就是想办法让你的上司看起来比自己要高明得多，不让他们觉得你对他是有威胁的。 做到这些，你的职场之路会顺畅很多。

第六章

这十年你要学会控制自己的情绪

情绪控制带来和谐与成功

　　成功是全方位的，它包括情绪的愉悦、身体的健康、家庭的幸福、经济的独立以及良好的人际关系等。 不管任何人，不管他拥有多少金钱、多高的社会地位、多么大的知名度，如果他本人没有学会调节情绪、控制感受，如果他不能从所谓的成功中得到快乐，那他就不能算真正的成功。 即使勉强算是成功，那他的成功也没有意义。 试想一下，一个整天面无表情，到哪里都板着面孔的人，就算他拥有全世界，那又有什么意义呢？

　　自古以来，成就大业的人都是情绪控制的高手。 俗话说：将军额头能跑马，宰相肚里能撑船，意思也就是说像将军、宰相这样的顶级成功人士都具有开阔的心胸，能容忍别人，能很好地控制自己的情绪，不会轻易被别人所激怒，不会被别人牵着鼻子走。

　　相反，如果你整天为鸡毛蒜皮的小事而生气，条件反射般地对别人的刺激做出剧烈的反应，那么你哪里还能有精力、有心思去干大事？ 你哪里还有心情搞好工作呢？

　　20 世纪 60 年代早期的美国，有一位很有才华曾经是大学校长的人，竞选美国中西部某州的议会议员。此人资历很高，又精明能干，博学多识，非常有希望赢得选举的胜利。

　　但是，一个很小的谎言散布开来：3 年前，在该州首府举行的一次教育大会上，他跟一位年轻的女教师"有那么一点暧昧的行为"。这其实是一个弥天大谎，他尽可以不理不睬，可这位候选人却不能控制自己的情绪，他对此感到非常愤怒，并竭力为自己辩解。

由于按捺不住对这一恶毒谣言的怒火，在以后的每次集会中，他都要站起来极力澄清事实，证明自己的清白。

其实，大部分选民根本没有听到或过多地注意到这件事，但是，现在人们越来越相信有那么一回事了。有人借机反问："如果你真是无辜的，为什么要为自己百般辩解呢？"

如此火上浇油，这位候选人的情绪变得更坏，他声嘶力竭地在各种场合为自己辩解，以此谴责谣言的传播者。此地无银三百两。这更使人们对谣言信以为真。最悲哀的是，连他的太太也开始相信谣言了，夫妻之间的亲密关系消失殆尽。

最后，他在选举中败北，从此一蹶不振。

这位候选人确实不是一位真正的成功者，因为他明显缺乏控制自己情绪的能力，他钻入了牛角尖，过分地关注了那他本不该关注的事，他被别人牵着鼻子走，他的所作所为，正是谣言制造者所想要的，实际上，他被别人控制了。

一个真正的成功者，应该能进退自如地控制自己的情绪，泰然自若地面对各种刁难，最起码，不能轻易上别人的当，被别人所控制。

古代有个尤翁，他开了个典当铺。

有一年年底，他忽然听到门外有喧闹声，就出门查看，原来门外是一位穷邻居。他不解地问自己的伙计怎么回事，站柜台的伙计对尤翁说："他将衣服押了钱，空手来取，不给他，他就破口大骂。有这样不讲理的人吗?"

门外那个穷邻居仍然是气势汹汹，不仅不肯离开，反而坐在当铺门口。

尤翁见此情景，从容地对那个穷邻居说："我明白你的意图，不过是为了过年关。这种小事，值得一争吗?"于是，他让伙计找出那些典当之物，挑出紧要的几件还给穷邻居。

尤翁说："天冷了，先把棉袄拿回去御寒吧。"又拿出一件道袍说："这件给你拜年用。其他的东西不急用，可以先留在这里。"

当天夜里，这个穷邻居在别人家里服毒自杀了。

原来，穷邻居同那家人打了一年多的官司，因为负债过多，不想活了。本想敲诈尤翁一笔，结果尤翁妥当的处理方法使他不忍心加害，于是就转移到了另外一家。

事后有人问尤翁，怎么好像尤翁先知先觉一样。尤翁回答说："凡无理挑衅的人，一定有所依仗。如果在小事上不克制、忍耐，那么灾祸就会立刻到来了。"

故事中的尤翁的确是个情绪控制的高手，他没有傻乎乎地、条件反射般地对别人的挑衅做出过激反应，而是冷静地分析，睿智地判断，依靠智慧轻易化解了一起灾难。

实际上，就算没有尤翁这么聪明，只要懂得控制情绪，就可以化解很多不必要的冲突，就可以架起沟通与理解的桥梁，帮助自己搬开脚下的石头。

有一位顾客从一家食品店里买了一袋食品，打开一看，都发霉了。他怒气冲冲地找到营业员："你们店里卖的是什么东西，都发霉了！你们这不是拿顾客的健康开玩笑吗？"

几位顾客闻声而来。营业员却面带笑容，连声说："对不起，对不起。没有想到食品会坏，是我们工作失误，非常感谢您给我们指出来，您是退钱呢还是换一袋？"面对诚恳的微笑，顾客还能说些什么呢？

反观现在国内外的很多企业，有的甚至是一些大企业，出了质量问题之后却一味地搪塞辩解，不愿诚恳道歉，结果往往弄得鸡飞蛋打，甚至声名狼藉。

能控制情绪就能坦然面对人生挫折。

能很好控制自己情绪的人，必然经常处在乐观、自信、积极上进等良好的情绪状态，即使遭遇到人生的挫折，他们也能坦然面对，不会因此而怀疑自己的能力。

麦特·毕昂迪是美国知名的游泳选手，1988 年代表美国参加奥运会，被认为极有希望继 1972 年马克·史必兹之后再夺七项金牌。但毕昂迪在第一项 200 米自由泳比赛中竟屈居第三，第二项 100 米蝶泳比赛中原本领先，到最后一米硬是被第 2 名超了过去。

许多人都以为，两度失金将影响毕昂迪的后续表现，没想到他在后五项比赛中竟连连夺冠。对此，宾州大学心理学教授马丁·塞利格曼并不感到意外，因为他在同一年的早些时候，曾为毕昂迪做过乐观影响的实验。

实验方式是在一次游泳表演后，毕昂迪表现得很不错，但教练故意告诉他得分很差，让毕昂迪稍做休息再试一次，结果更加出色。而参与同一实验的其他队友却因此影响了成绩。

由此可见，毕昂迪的成功绝非偶然，因为他善于控制自己的情绪，乐观、自信，不会轻易地被别人的评价所左右，而这种心理素质是在事业上取得成功的人所共有的特质。

相反，不善于控制自己情绪的人，可能会因为一点不如意或小挫折而闷闷不乐，从而在关键时刻难以发挥正常水平，换句话说，这种人就算做出一些成绩，那也有很多侥幸的成分。

莫娜在某届运动会上被公认为夺冠人选，她进场时引起了大家的欢呼，她很高兴地向大家挥手致意。

不料，这时她被台阶绊了一下，摔倒了。

面对如此多的观众，莫娜感到十分没面子，心里产生一种羞愧的感觉，直到进入比赛，她还没有从羞愧的情绪里走出来。结果，她没有发挥出自己应有的水平，比赛成绩远远落在其他队员的后面。

像莫娜这种对小挫折耿耿于怀的人，即使取得了好成绩，那也是她运气好，那也是侥幸成功，因为她还没学会坦然面对挫折，她还没学会控制自己的情绪。

善于控制和调节情绪的人，能够在不良情绪产生时及时消灭它、化解它，从而最大限度地减轻不良情绪的影响。

良好的情绪源于正确的思考

良好的情绪是事业成功和生活快乐的基础，而正确地思考则是良好情绪的基础。因此要想获得事业成功和生活快乐，就要控制你的情绪，而要控制你的情绪就要先控制你的思考。遗憾的是，很多人一生都没有学会正确地思考，所以只能让情绪控制自己，而不是由自己控制情绪。

每个人都拥有无穷无尽的潜能，只要你愿意努力，只要你愿意学习，任何人都可以学会正确地思考问题，轻松地选择成功者所应具备的情绪和状态，从而激发自己的潜能，使自己的生命焕发出绚丽的光彩。

"塞翁失马"的故事里那位聪明的边塞老人不因大家所认为的坏事而悲伤，不因大家所认为的好事而狂喜，始终保持心灵的平静，无疑是一位能正确思考问题的智者。智者由于能正确地思考，所以才能始终保持心灵的平静，而愚者则条件反射般的一会儿因失马而悲，一会儿因得马而喜，心中始终难以平静。

在匆忙和躁动不安的生活中，在芸芸众生都在为生存而激烈竞争、不断争斗的时候，我们仍可以看到一些有条不紊、从容不迫的人，他们像日月的运行那样坚定地迈向自己的目标。他们给我们一种力量，一种平静的感受和一份自信。他们知道如何正确地思考，他们懂得自信、快乐和心灵平静的秘密。

这种超常的自我控制能力能使一个人最大限度地发挥他的力量——精神的力量。自我情绪控制是迈向成功的第一步，且每个人都可以获得这种能力。

很多人因为不能正确地思考，所以整天被恐惧、忧虑、愤怒、怨恨等负面情绪所控制，这样不但会一生一事无成，而且整个生命过程也被弄得混乱不堪，在给别人带去痛苦的同时，自己的一生也都在吞咽思维混乱的苦果。

学会正确地思考，使自己能随时随地进入乐观、自信、进取、从容的情绪状态之中，从而带来事业的成功和快乐而美好的人生。学会正确地思考，不要再让自我毁灭的情绪占据我们的心灵，哪怕是一时一刻。

假如一个人能自由掌控自己的情绪，能瞬间抛弃负面情绪，迅速将自己调整到一个生活和事业的成功者所需要的良好心境之中，那么这个人肯定前途不可限量，想不成功都难。

现实生活中，不管是亿万富翁还是街头乞丐，不管是帝王将相还是平民百姓，不管是红得发紫的明星还是广大的影迷、歌迷、球迷，每个人都会受到情绪问题的困扰，每个人都需要学习控制自己的情绪。 情绪控制能力好的人能很快走出负面情绪的阴影，而无法控制自己情绪的人则会成为负面情绪的俘虏，甚至会造成心理疾病。 诺贝尔文学奖获得者海明威、川端康成，著名影星玛丽莲·梦露、张国荣，我国台湾著名作家三毛，他们都选择了以自杀结束生命。 假如他们能学习到自我情绪控制、自我心态调整的方法，或许这样的悲剧就可以避免。

正确疏导自己的愤怒

生活的每一天并不会时时受到那些繁杂的琐事所困扰，但一定会因一些烦琐的小事而影响心情。轻易击垮人们的并不是那些看似灭顶之灾的挑战，往往是那些微不足道的极细微的小事，它左右了人们的思想，改变了原来的意志，最终让大部分人一生一事无成。

愤怒在某些情况下是一种自然的反应，但并不是在每一种情况中都要如此反应。我们所处的社会是靠彼此的合作和帮助才得以维持的。我们必须经常控制某些直觉的情感。重要的是，我们要承认别人与自己都有情绪存在——但是我们不能拿它当借口，每次有什么感觉，就毫无考虑地发泄出来，这样做只是徒劳，有时还会得不偿失，没有任何意义。

一位刚毕业的大学生，花费了很大精力找到了一个海上油田钻井队的对口工作。在海上工作的第一天，领班要求他在限定的时间内登上几十米高的钻井架，把一个包装好的漂亮盒子送到最顶层的主管手里。他拿着盒子快步登上高高的狭窄的舷梯，气喘吁吁、满头是汗地登上顶层，把盒子交给主管。主管只在上面签下自己的名字，就让他送回去。他又快跑下舷梯，把盒子交给领班，领班也同样在上面签下自己的名字，让他再送给主管。

他看了看领班，犹豫了一下，又转身登上舷梯。当他第二次登上顶层把盒子交给主管时，浑身是汗，两腿发颤，主管却和上次一样，在盒子上签下名字，让他把盒子再送回去。他擦擦脸上的汗水，转身走向舷梯，把盒子送下来，领班签完字，让他再送上去时他有些愤怒了，他看看领班平静的脸，尽力忍着不发作，又拿起盒子艰难地一个台阶一个台阶地往上爬。当他上到最顶层时，浑身上下都湿透了，他第三次把盒子递给主管，主管看着他，傲慢地说："把盒子打开。"他撕开外面的包装纸，打开盒子，里面是两个玻璃罐，一罐咖啡，一罐咖啡伴侣。他愤怒地抬起头，双眼喷着怒火射向主管。主管又对他说："把咖啡冲上。"年轻人再也忍不住了，"啪！"他一下把盒子扔在地上，"我不干了！"说完，他看着扔在地上的盒子，感到心里痛快了许多，刚才的愤怒全释放了出来。这时，这位傲慢的主管站起身来，直视他说："刚才让您做的这些，叫作极限训练，因为我们在海上作业，随时会遇到危险，所以要求队员身上一定要有极强的承受力，承受各种危险的考验，才能完成海上作业任务。可惜，前面三次你都通过了，只差最后一点点，你没有喝到自己冲的甜咖啡。现在，你可以走了。"

有时，你的愤怒情绪将会阻止你干不好事情。成大事者是不会被愤怒情绪所左右的。在关键时刻不能让你的怒火左右情感，不然你会为此付出惨痛的代价。在现实生活中，也不乏因盛怒而身亡者。俗话说："一碗饭填不饱肚子，一口气能把人撑死。"人因怒而死亡的事屡见不鲜。承受痛苦压抑了人性本身的快乐，但是成功往往就是在你承受常人承受不了的痛苦之后，才会在某个方面有所突破，实现最初的梦想。可惜，许多时候，我们总是差那一点点，因为一点点的不顺而怒火中烧，这也正是很多年轻人的缺陷，正如上例，一点小事都承受不了，最后的结果只能是丢了自己的第一份工作。

"人生一世，草木一春"，短短的几十年人生，何不让自己活得快活一点，潇洒一点，何必整天为一些鸡毛蒜皮的小事生闲气呢？如果遇到中伤或误解的事，气量大一点，装装糊涂，别人生气我不气，一场是非之争就会在不知不觉中消失，你也落得潇洒，而等到最终水落石出，人家还会更加敬重你这个人。

宋朝初年一位名叫高防的名将，他的父亲战死沙场，他16岁时被澶州防御使张从恩收养，后来做了军中的判官。有一次，一个名叫段洪进的军校偷了公家的木头打家具，被人抓获。张从恩见有人在军队偷盗公物，不觉大怒。为严肃军纪，下令要处死段洪进以警众人。在情急之时为了活命的段洪进编造谎言，说是高防让他干的。本来这点事也不至于犯死罪，张从恩对其的处理有些过头，高防是准备为其说情减罪的，但现在自己已被他牵连进去，失去了说话的机会，还让自己蒙上不白之冤，能不气吗？但转念一想，军校出此下策也是出于无奈，想到凭自己与张从恩的私交，应承下来虽然自己名誉受损，但能救下军校的性命也是值得的。所以张从恩问高防是否属实，高防就屈认了，结果军校段洪进果然免于一死，可张从恩从此不再信任高防，并把高防打发回家。高防也不做任何解释，便辞别恩人独自离开了。直到年底，张从恩的下属彻底查清了事情真相，才明白高防是为了救段洪进一命，代人受过。从此张从恩更信任高防，又专程派人把他请回军营任职。云开雾散之后，高防不但没有丧失自己的生存空间，而且获得了更多人的尊重。

现实生活中，让人生气的事是随时可能发生的，但作为一个有头脑的冷静的人，为了更好地、安宁地生活和工作，理智地处理各种不愉快，就需要控制愤怒，如果不忍，任意地放纵自己的感情，首先伤害的是自己。如对方是你的对手、仇人，有意气你、激你，你不忍气制怒，保持头脑清醒，就容易被人牵着鼻子走，中了人家的计，到头来弄个得不偿失的下场，比如三国时的周瑜就是一例。所以孔子云："一朝之忿，忘其身以及其亲，非惑与?"言下之意即因一时气愤不过，就胡作非为起来，这样做显然是很愚蠢的。愤怒，体现的是理性的不健全。愤怒到极限时，最容易导致理性的丧失，说出本来不该说的话，做出本来不该做的事。所以要学会控制自己的情绪，不要轻易发怒。

如果你是一个易于愤怒却不善于控制的人，建议你不妨设立一本愤怒日记，记下你每天的愤怒情况，并在每周做一个小总结。这样，就会使你认识到：什么事情经常引起你的愤怒，了解处理愤怒的合适方法，从而使你逐渐学会正确地疏导自己的愤怒。

处理好自己的烦躁情绪

一位商业助理满怀忧愁回到家中，整个工作日她一直忙乱、苦恼、充满攻击性，并且随时准备发怒。当她这样停止工作回到家里时，也就带回了残余的攻击心、困顿、匆忙与忧虑。对于丈夫和家里人，她特别容易发怒。虽然在家里绝不可能解决工作中的问题，但她还是一直想着办公室里的事。

情绪的紊乱会造成失眠。很多人休息的时候都带着未解决的难题上床，他们在心理和情绪上仍然想要处理事情，而这时却又是最不适宜做事的。

白天我们需要各种不同的情绪和心理。与老板、顾客交谈时，你需要不同的心情，在你和生气的或爱发脾气的顾客交谈之后，你必须改变一下自己的心情，才能和下一个顾客交谈。否则，一种情况里的情绪搅和在另一种情况里，是不适于处理其他问题的。

一个大公司发现他们的一个助理莫名其妙地以粗野、生气的口气接电话。这个电话恰巧是打到公司正在举行的一个重要会议上的，那时这位助理正处在困境和敌意之中。不用说，她那生气与敌意的如棒槌击打一般的口气使打来电话的人吃了一惊，公司的人对这位助理的行为火冒三丈。当然，也给她自己带来了麻烦。针对这件事，这家公司规定：以后所有的助理在接电话以前，必须先暂停五秒钟，并且要微笑一下。

情绪的紊乱还会引起意外事件。追查意外事件起因的保险公司及其代理人发现，很多车祸的发生都是由于情绪的紊乱。如果一个司机和他的妻子或者老板发生了口角，如果他在某些事上遭到了挫折而离开，那他很可能会发生车祸。他把不适当的情绪搅和在驾驶上，他并不是在生其他司机的气，而好像是刚从梦中醒来，而梦中的他正在生着很大的气。他自己也知道发生在他身上的已经过去，可他还在生着气。事情不过就是如此而已。

恐惧和生气一样，也有类似的情绪紊乱作用。关于这一点，你应该了解一种真正有益的事情，就是友善、安宁、平静以及镇定。正如我们说过的，在完全轻松、安静、泰然的状态下，一个人不可能感到恐惧和愤怒，也不可能感到焦急不安。因此，你不妨时时清理情绪，这样可以去掉以前的坏情绪，同时，使镇定、平静、安宁的情绪融合到你马上要参加的一切活动中。

这样做的效果是显而易见的。

还有一种不合适的反应会引起烦恼、不安与紧张，那便是对不存在的东西进行情绪反应的坏习惯。这种东西，只是存在于你的想象之中。

我们许多人不会对实际环境中的小刺激做过分的反应，而却在想象中虚构出稻草人，并且在自己的心理图像里做情绪的反应。老是想：也许会发生这种情况，要不就是那种情况，要是发生了我该怎么办呢？自找麻烦却不自知。飞行跳伞教练发现，那些在舱门处停留太久的人，往往再也不敢跳下去了，因为他们已被自己过于丰富的想象吓坏了！你要知道：你的神经系统无法分辨出真正的经历或想象出来的经历。

　　就你的情绪来说，对忧虑图像的适当反应就是完全不去理睬它。 在情绪上，你要分析你的环境，认识那些存在于环境里的真实物，然后自然地进行反应。 为了要做到这一点，你必须全心全意地关注现在所发生的事，要全神贯注。 这样你的反应一定是恰当的，而对于虚构的环境，你就不会有时间去注意了。

学会以幽默解嘲

　　林肯是美国历届总统中最幽默的一位。一天，他不得已出席在伊利诺伊州布罗明顿召开的报纸编辑大会，会上他发言指出，他自己不是一个编辑，所以他出席这次会议是很不相称的。

　　为了说明他这次会议最好不出席的理由，他顺便给大家讲了一个有关他自己的小故事：

　　有一次，我在森林中遇到一个骑马的妇女。我停下来往旁边让路，可她也停了下来，目不转睛地盯着我的脸看。她说："我现在才相信你是我见到过的最丑的人了。"

　　我说："你大概讲对了，但是我又有什么办法呢？"

　　她说："当然先生的这副丑相是没有办法改变的，但你还是可以待在家里不出来嘛！"

　　大家都为他的谦逊和幽默哑然失笑。

　　现实生活中有不少人善于运用幽默的语言行为来处理各种关系，化解矛盾，消除敌对情绪。 他们把幽默作为一种无形的保护伞，使自己在面对尴尬的场面时，能免受紧张、不安、恐惧、烦恼的侵害。 幽默的语言可以解除困窘，营造出融洽的气氛。

　　在某一年的晚会上，当时还是中央电视台节目主持人的杨澜，正满面春风地向舞台上走去，不料没看清脚底，被什么东西绊了一下，一下子跌倒在地，所有的人都愣住了，只见杨澜面带笑容地爬起来，掸掸礼服上的土，开玩笑地说了句："这一跤摔得实在不够专业。"众人听了也都哄然大笑，一个尴尬的场面就这样被轻松化解了。

在一次奥斯卡的颁奖典礼上，一位刚刚获奖的女演员准备上台领奖，也许是因为太兴奋、太激动了，她被自己的晚礼服长裙绊了脚，摔倒在舞台边上。全场都静默了，因为还从来没有人在这样全球直播的盛大的晚会上跌倒过。她迅速地起身，从主持人手中接过奖杯，发布获奖感言时，她真挚而感慨地说："为了走到这个位置，实现我的梦想，我这一路走得艰辛坎坷，甚至有时跌跌撞撞。"机智、真诚的话语使她成为那个晚上最耀眼的明星。

是的，每个人都难免跌倒，如果跌倒了，就不要再懊恼、后悔、自责了，那都于事无补，不如迅速而坚强地站立起来，同时别忘了利用你的聪明、智慧，自我解嘲、自我调侃一番，也许你会因祸得福而获得更多的鼓励、欣赏与掌声，你的"危机"也会迎刃而解。

自我解嘲是好莱坞的一大传统。出身好莱坞的里根也常常采用同样的自我嘲讽手法。自我解嘲有时很奏效，笑声使人们消除了对里根好斗并起劲地干蠢事的那种印象。把昂贵的战争机器拿来开玩笑，能抵消人们对庞大的国防预算的批评。里根说："我一直听到有关订购B-1这种产品的种种宣传。我怎么会知道它是一种飞机型号呢？我原以为这是一种部队所需的维生素而已。"

　　还有一次，里根总统访问加拿大，在一座城市发表演说。在演说过程中，有一群举行反美示威的人不时打断他的演说，明显地显示出反美情绪。里根是作为客人到加拿大访问的，加拿大的总理皮埃尔·特鲁多对这种无理的举动感到非常尴尬。面对这种困境，里根反而面带笑容地对他说："这种情况在美国是经常发生的，我想这些人一定是特意从美国来到贵国的，可能他们想使我有一种宾至如归的感觉。"听到这话，尴尬的特鲁多禁不住笑了。

　　美国心理学教授特鲁·赫伯认为，幽默形成力量的最高、最佳层次。他说，到达了这一层次，"一切的问题和困扰都会自行削弱，从而达到抚慰人心的效果"。事实也是这样，逃避嘲讽并不是超脱，还需要得到超脱的是我们那种受狭隘自尊心理束缚的"一本正经"。笑自己长相上的缺陷、笑自己干得不太漂亮的事情，只会使你变得富有人情味。据说，美国一家公司的总裁，专门雇用那些善于制造快乐气氛、并能够自我解嘲的人。他说："这样的人能把自己推销给大家，让人们接受他本人，同时也接受他的观点、方法和产品。"

　　"百年人生，逆境十之八九。"在人生的旅途上，并非都是铺满鲜花的坦途，反而要常常与不如意的事情结伴而行。诸如考试落榜、工作解聘、官职被免、疾病缠身、情场失意等，常常会使人愤愤不平，叹息不止，产生强烈的失落感。有的人甚至一蹶不振，情绪低沉，心情抑郁，精神反常，心理上长期处于沮丧、懊悔、消沉、苦闷、忧伤的状态，不但影响工作情绪和生活质量，而且有害身心健康。 实际上许多不如意的事，并非由于自己有什么过错，有时是自己力量所不及，有时是客观条件不允许，有时是"运气不佳"，有时甚至纯属天灾人祸。 在这种情况下，如果面对现实，及时调整心态，"提得起，放得下，想得开"，来点自我解嘲，就能化解矛盾，平衡心理，使自己从苦闷、烦恼、消沉的泥潭中解脱出来，情绪"由阴转晴"，迎来万紫千红的"艳阳天"。

当别人嘲笑你时，你的怒不可遏、你的如临深渊只能引来更深的嘲弄。 最适合平息风波的方法就是跟别人一起笑。 自嘲，既是自谦，又是自信。 它不同于自轻自贱，更不同于自诩自大。 阿 Q 从来不自嘲，他总是嘲笑别人，但受到嘲弄的终归还是他自己。 当你学会了如何自嘲时，你会发现，自己已经掌握了制造快乐、摆脱困境以及维护尊严的能力。

不要拿别人出气

老板毕先生对公司的事务不满意。他举行了一次集会并在会上说："同仁们，现在我们必须组织起来，你们有人上班迟到，有人下班早退，甚至没有对工作的神圣责任感。现在，我以公司董事长的身份重整一切。从现在开始，如果每个人都能好好处理工作，并尽最大的努力，就会有一个很有前途的公司出现。"

像许多人一样，毕先生的意图是好的，但是几天以后在乡村俱乐部的一次午餐中，他看报看得太入迷了，以至忘了时间。等他意识到时，大为吃惊，几乎把咖啡杯摔掉。他叫道："啊！我的天！我非得在十分钟内赶回办公室不可。"他跳起来，冲到停车场，迅速跳进汽车内把车开走。他在公路上将车开得几乎飞了起来，因而被交通警察开了超速开车的罚单。

毕先生真是愤怒到了极点。他对自己抱怨说："今天真是活该有事。我是一位善良、守法的公民，这个警察居然跑来给我一张罚单。他该做的是去抓罪犯、小偷与强盗，不应当找纳税公民的麻烦。我汽车开得快并不表示不安全。真是可笑！"

他到办公室时，为了转移别人的注意，就把销售经理叫进来会谈。他很生气地问一件销售案是否已经定案了。销售经理说："毕先生，我不知道在哪儿出了什么差错，我们丧失了这笔生意。"

现在，你就可以想象毕先生是多么烦乱了。他愤怒地对销售经理喊道："你不知道吗？我已经付你18年薪水了！现在我们终于有一次机会做大生意，它能使我们扩大生产线，而你到底做了什么呢？你把它弄吹了。让我告诉你，你最好把这笔生意争回来，否则我就开除你。你在这里待了18年，并不表示你有终生雇用合同。"啊，他真是太烦乱了。

再看看这位销售经理的情形吧。他走出毕先生的办公室，气急败坏地抱怨说："真是没事找事。18年来我一直为公司卖力，我负责拉所有的生意，公司靠我才经营下去。毕先生是一个傀儡，公司少了我就会停顿。现在仅仅因为我失去一笔生意，他就恐吓要开除我。岂有此理！"

销售经理嘴里仍然嘀咕不停。他把秘书叫进来问："今天早上我给你的那五封信打好了没有？"她回答说："没有。难道你忘了，你告诉我希拉的客户服务第一优先吗？所以我一直在做那件事。"销售经理冒火起来说："不要找任何卑鄙的借口。"他指责道，"我告诉你，我要这些信件赶快打好，如果你办不到，我就交给其他人去做。你在这里待了7年并不表示你有终生雇用合同。这些信今天要寄出去，不得有误。"啊，他也变得烦乱了。

请继续看这位秘书的情形。她用力关上销售经理办公室的门，并抱怨说："真是烦透了。7年来我一直尽力做好这份工作，几百小时的超时工作却从未有一文加班费，我比其他三个人做得更多，我使公司团结在一起。现在就因为我无法同时做两件事情，他就恐吓要开除我。岂有此理！"

她走到接线生那里说："我有一些信件要你帮忙。我知道这并不是你分内的工作，但你除了坐在那里偶尔听听电话以外，并没有做什么事。这是急事，我要这些信件今天就寄出去。如果你无法办到，最好让我知道，我会叫别人做。"啊，她变得烦乱了。

　　请再看接线生的情形吧。她大发脾气。"这真是从何说起？"她说，"我是这里最努力的职员，且待遇最低，我要同时做4件事，每次他们进度落后时，总要找我帮忙，真是不公平。要我帮忙还用这种态度，真是开玩笑！如果没有我，公司的事情早就停顿了。再说他们也没有办法用两倍的薪水找到任何人来接替我的工作。"她把信件打出来了，但是她做的时候心里很不是滋味。

　　她回到家时仍在发怒。进了屋子，她猛地关上门，并直接进入孩子的小房间。她看到的第一件事情是，她12岁的儿子正躺在地板上看电视，第二件事情是他的短裤破了一个大洞。在极度愤怒之下她说："我告诉你多少次放学回家后要换上你的游戏服。我供养你，送你到学校念书，还要做全部的家务，已经被折磨得要死。现在你必须到楼上去。今天你的晚饭就别吃了，以后三个星期不准看电视。"啊，她也变得烦乱了。

　　现在，再看看她12岁的儿子的表现。他走出小房间说："真是莫名其妙。我正在替她做一些事情，但是她不给我机会解释到底发生了什么事。"大约就在这时候，他的猫走到前面。小孩重重地踢了它一脚，并说："你给我滚出去！你这臭猫。"

显然，猫可能是这一连串事件中唯一无权改变事件的对象，这使我们想起一个简单的问题：毕先生为什么不干脆直接从乡村俱乐部走到接线生家里去踢那只猫？

让我们看看各种情况的一系列反应吧。你对幽默有什么反应？对微笑有什么反应？对你赞许的人有何表示？当你做成一笔生意或人们对你有礼貌时，你有什么反应？对一个美丽的女子，或一位很有礼貌的侍者，你有何反应？我敢打赌你会高兴，报以微笑，并且有礼貌；我敢打赌你会感谢所有这些事情，它们会使你成为一位友善的人。你明白，任何人在这些情况下都会做出合理的反应。

当某人冒犯你时，你是否会立刻反唇相讥呢？当身后的汽车司机猛按喇叭，而此时交通堵塞，两边车辆大排长龙，你该怎么办？你是否会走下汽车，板起面孔，拳头相向呢？当你的太太或丈夫向你发泄不满时，你会有什么反应呢？

你对消极事物的反应，大体上决定了你生命的成功和快乐与否。

大街上的游民、社区领导者、学生、百万富翁与模范母亲，在许多方面都相同，每一个人都会面临挫折、痛心、失望、沮丧与失败。成就不同是因为对生活的消极面反应不同而产生的必然结果。一般人的反应是说出"可怜我"，并借酒消愁。成功的人碰到相同或更大的问题时却有积极的反应，寻求问题好的一面，结果变得更坚强、更成功。我们无法预知生活的各种情况，但是我们能以态度来适应它，这就是态度控制。

在许多情况下，有人冒犯你时，你会了解到那是有人踢了他的"猫"的缘故。你要知道它跟你并不相干。更重要的是你要学习如何对消极的事物做出积极的反应。

下次有人冒犯你的时候，你要笑着说："哦，今天是否有人踢了你的猫?"如果你能这样，就可以推广运用，但最好稍加变化。当生人或不怎么熟的人毫无理由地发牢骚(你是无辜的)时，要笑着对他说："我有一个特别的问题要问你，今天是不是有人踢了你的猫?"这会带来不同的反映，但是记住此时你稳操胜券了。这意味着你已能对消极的事情做出积极的反应了，并且能以愉快的态度去面对不愉快的事情。你也许会觉得其他人并不值得你如此和善地对待他们，你可能是对的，但是做出积极的反应对你是最好的。

悔悟与自责也应适可而止

在这个世界上，谁都难免会犯错误，即使是四条腿的大象，也有摔跤的时候。人要想不犯错误，除非他什么事也不做，而这恰好是他最基本的错误。

反省是一种美德。对自己所做的错事，知道悔悟和责备自己，这是敦品励行的原动力。不反省不会知道自己的缺点和过失，不悔悟就无从改进。但是，这种因悔悟而对自己的责备应该适可而止。在你已经知错、决定下次不再犯的时候，就是停止后悔的最好时候。然后，你就应该摆脱这悔恨的纠缠，使自己静下心去做别的事。如果这悔恨的心情一直无法摆脱，而你一直苛责自己，懊恼不止，那发展下去，就可能形成一种病态了。

你不能让病态的心情持续，如果任其发展下去，就会使精神遭受太多的折磨。

所以，当你知道悔恨与过分自责的时候，要相信自己能够控制自己。告诉自己："赶快停止对自己的苛责，因为这是一种病态。"为避免病态的进一步加深，要尽量使自己摆脱它的困扰。这种自我控制的力量是否能够发挥，决定一个人的精神是否健全。

人人都可能做错事。做了错事而不知悔改，那是坏人；知道悔改，即为好人。所谓放下屠刀，立地成佛。过去的既已无可挽回，那么只有以后坚决行善即可以补偿。

每个人都有缺点，这是我们要受教育的缘由之一。教育使我们有能力认识自己的缺点并加以改正，这就是进步。在随时发现自己的缺点并随时改正之外，更要注意建立自己的自信，相信自己的自尊。

有人一旦犯了一点小小的错误，就觉得自己样样不如人，因为自责而产生自卑，由于自卑，而更容易受到打击，经不起小小的挫折，受到外界一点点的轻侮，都会痛苦不已。

一个人缺少了自信，就容易对所处的环境产生怀疑与戒备，即所谓"天下本无事，庸人自扰之。"

面对这种"无事自扰"的心境，最好的方法是加强自己各方面的修养，勤于做事，使自己因有进步而增加自信，因工作有成绩而增加对前途的希望，不再对以前做无益的回顾。

进德与修业，都能建立一个人的自信心和荣誉感，这样对自己偶尔的小错误、小疏忽，就不致过分苛责，更易于从悔恨中发挥积极的力量。

自尊心人人都有，但没有自信做基础，就会使人变为偏激狂傲或神经过敏，以致对环境产生敌视与不合作的态度。要满足自尊心，只有多充实自己，使自己减少"不如人"的可能性，而增加对自己的信心。

做好人的愿望当然值得鼓励，但不必"好"到一切都迁就别人，凡事委屈自己。更不能希望自己好到没有一丝缺点，而一旦发现缺点就拼命"修理"自己。一个健全的好人应该是该做就做，想说就说。如果自己偶有过失，也能潇潇洒洒地承认："这次错了，下次改过就是。"不必把一个污点放大为全身的不是。

第七章

这十年你要时刻提醒自己

锋芒不可太露

 唐先生毕业于某名牌大学，有过硬的管理才能和游刃有余的公关能力，但有一个缺点：争强好胜且易冲动。他毕业后分配到一个事业单位，爱才的领导容忍了他的缺点，将年方28的他提拔为办公室主任。半年后，他像许多南下寻梦者一样，辞职南下"淘金"。

 他被珠海市一中型合资企业相中，负责公司的宣传工作，当时他自己也这样考虑：应该好好干出一番事业来。刚进企业，写出来的文件颇受老总喜欢，老总多次当众夸奖他。但半年后，与他一起来的两个同事都升了，他的位置没有动，于是心里不免有了点不平衡，最后他与人事部经理当面冲撞起来。

 按他的说法："我豁出去了，不成功，便走人。"冲撞之后，老总找他谈话，意味深长地说："小唐，请给我一个认识和了解你的机会。"老总准备再考察他一年半载，便提拔他为公司的公关部经理。年中薪资调整，他的工资翻了将近一番。这一变化带来的喜悦没能维持多久，唐先生又有了新的不平衡。因为与他一起进来的同事又有了新变化，要么升职要么跳槽，而他仍旧原地踏步。

 他觉得耐心和等待没有结果，于是又变得任性孤傲。一次休息日公司通知他加班，他为了维护自己的"权益"而严词拒绝，给公司高层领导造成极坏的印象，老总终于没有耐心继续对他进行考验了。从此他被打入"冷宫",自己觉得无趣,便主动辞职了。

纵使你才华横溢,也要一步步向上攀。 如果你显露张狂的个性,企图一步登天,那么,你将摔得更加惨。 一个成熟的职业人应该懂得把握自己,懂得不断修整自己的个性。

一群猴子住在江边的一座山上。这座山飞瀑流泉,树木繁茂,风景十分秀丽。每年春天过后,满山遍野都长着野果。说不清是什么年月,一群猴子来到这山上安家落户,从此以后,一直过着不愁温饱、悠然自得的生活。

有一天,吴王带着随从乘船在江上游玩,当他在江两岸的奇山异峰中发现这风景秀丽的猴山时,感到异常兴奋。吴王令随从在猴山脚下的江边泊船,带领他们下船登山。

山上的猴子们往日的平和与宁静,突然被这么多上山来的人打破了。猴们面面相觑,它们吓得惊慌失措四下逃走,躲进荆棘深处不敢出来。

有一只猴子却与众不同,它从容自得地停留在原地,一会儿抓耳挠腮,一会儿手舞足蹈,满不在乎地在吴王面前卖弄着它的灵巧。吴王拉开弓,用箭射它,这只猴子并不害怕,吴王射过去的箭都被它敏捷地抓住了。吴王有些气恼,便命令随从们一起去追射这只猴子。面对这么多人射过去的箭,猴子难以招架,当即被乱箭射死。

吴王回头对他的随从们说:"这个猴子,倚仗自己的灵巧,不顾场合地卖弄自己,以至于就这样丢掉了自己的性命，真是可悲。你们都要引以为戒，千万不要恃才傲物，在人前显示和卖弄自己的一点雕虫小技。"

聪慧的人知道藏而不露。 有了一点点本事就喜欢卖弄的人是愚蠢的，他们不是弄巧成拙被人笑话，就是最终落个失败的下场。

有一位出家师父喜欢云游四海，有一次他带着一位小弟子同行。这一天，他们在接近傍晚时仍找不着可以落脚之处，但因为已经走了一整天，两人就同时停下脚步来休息。这时候，太阳正要西下，弟子看到落日余辉映着满天彩霞，不禁赞颂说："好圆好美的太阳啊！以前我怎么没注意到太阳如此的美好呀！"师父莞尔一笑说："是呀！人们不也都说夕阳无限好吗？白天的太阳由光芒所组成，因此光芒四射，过于耀眼，而锋芒太露就会刺得人们睁不开眼睛，也就无从看清楚它的美。而夕阳，只有光没有芒，因此让人看了就觉得非常舒服，不仅是欣赏，而且还能深深地了解它的美。"

低头认输是一种重要能力

如果把我们的人生比作爬山，有的人在山脚刚刚起步，有的人正向山腰跋涉，有的人已信步顶峰。但此时，不管你处在什么位置，请记住：要把自己放在山的最低处，即使"会当凌绝顶"，也要会低头，因为，在你所经历的漫长人生旅途中，难免有碰头的时候。

有人问过苏格拉底："你是天下最有学问的人，那么你说天与地之间的高度是多少？"苏格拉底毫不迟疑地说："三尺！"那人不以为然："我们每个人都有五尺高，天与地之间只有三尺，那还不把天戳个窟窿？"苏格拉底笑着说："所以，凡是高度超过三尺的人，要长立于天地之间，就要懂得低头啊。"

人在30岁前，学会低头、懂得低头和敢于低头是非常重要的。尤其是在社会竞争激烈的今天，生命的负载过多，人生的负载太沉，低一低头，可以卸去多余的沉重；面对自身的不足，低一低头，就可以赢得别人的谅解和信任，除去不必要的纠纷。

要学会低头，就必须懂得低头是一种智慧，它需要求同存异、应时顺势、谦恭温良。要懂得低头，就必须理解低头是一种境界。在处理人与人之间的矛盾时，懂得低头，那是君子怀仁的风度，是创造和谐社会的必备品格；在处理人与社会的矛盾时，懂得低头，那是理性人生的闪光，是取得共赢的光明之路；在处理人与自然的矛盾时，懂得低头，那是避免盲目蛮干的镇静剂，是实现人与自然相融共荣的有效途径。

要敢于低头，就必须知道低头需要勇气。面对别人的批评时，我们要勇敢地承担责任，接受教训；面对强大的敌人和困难时，我们同样需要避其锋芒，保存实力，以图再战。

不是所有人都能学会低头、懂得低头和敢于低头。现实生活中，总有那么一些人缺乏低头的勇气，漠视低头的实践，结果不是碰壁，就是触网，对其教训颇深。其实，何必总是一副宁死不屈的倔强样子，低一低头，给自己多一次机会，岂不是更好？

也许，当你明白了低头的智慧，当你从困惑中走出来时，你会发现，一次善意的低头，其实是一种难得的境界。低头并不是自卑，也不是怯弱，而是一种能力的体现。

低头是一种智慧，低头也是一种能力。有时，稍微低一下头，或许你的人生之路会走得更精彩。

适时认输，才能保存实力。美国有一位拳王说过，任何拳手都不可能打败所有的对手，好的拳手知道在恰当的回合认输。因为，及早认输，下次还有赢的机会，如果逞能，让对手把你打死了，或把你拖垮了，你不是连输的机会也没有了吗？

在人生的长河中，竞争是纷繁复杂的，其中不乏乱箭和暗器。面对不讲竞争规则的人，碰上怀着"谁也别想比我好"的病态心理的人，你斗得越勇，只会陷得越深。与其让生命的价值在乱斗中无端地折损，不如认个输，离开是非之地，用自己保存下来的实力，去寻找真正的竞技场。

当我们明白自己不如对手时，就应该认输。生活中常有竞争和角逐，但深知自己"斗"不过对手，还一味地跟人家"斗"，这又有何益呢？"斗"得愈起劲，只会使自己输得愈惨。选择认输，急流勇退，将使我们避开锋芒，以退为进，赢得潜心发展的主动权；将使我们得以冷静下来去认识差距，虚心向对手学习，从而有可能真正打败对手。

美国柯达公司在与日本富士公司竞争时，就颇有自知之明，勇于认输，不跟富士争"第一"。柯达公司甘拜下风，既减少了恶性竞争造成的大量人力物力浪费，又使他们能够根据自己的实际情况制定适宜的发展策略，还使他们老老实实向富士公司学习。结果柯达公司快速发展了，成了和富士公司难分伯仲的胶卷大王。

当我们知道自己不可能做到时，就应该认输。并不是所有的困难和挫折都可以逾越，并不是所有的机遇和好运我们都可以把握，在明知无力回天，败局已定时，我们应该认输。选择认输，不去坚持下完一盘根本下不赢的棋，将使我们及早从"死胡同"里走出来，避免付出更惨重的代价。

认输不是自甘消沉，它有积极进取的内涵，使人以退为进，赢得潜心发展的主动权，扬长避短，夺取成功。如果硬认死理，逞强好胜，盲目蛮干，一味地刚强，一味地硬撑，只会给自己带来不必要的伤害，甚至牺牲，最终输掉自己。只有做到审时度势，随机应变，刚柔相济，懂得认输，才能保护自己，使自己立于不败之地。

认输也是一种自我认识，一种积极的自我评价，在与别人竞争时，认同他人优势的同时，也看到了自己的缺陷与不足。 有错误和不足并不可怕，只要学会认输、知道自省，就能避免铸成大错以至抱憾终身；只要学会认输，就能及时调整人生的航向，去争取"赢"的机遇和时间。

总之，认输不失为一种策略，它将使你彻底摆脱不健康的心理羁绊，使你调整好位置，进入最佳的心理状态，它造就的将是一片心灵的净区。 人生有涯，时光匆匆，学会认输，将有助于二十几岁的你在短暂的人生旅途中成为更大的赢家！

谦卑者其实最高贵

在秦始皇陵兵马俑博物馆，有一尊被称为"镇馆之宝"的跪射俑。 它被誉为兵马俑中的精华，中国古代雕塑艺术的杰作。 陕西省就是以跪射俑作为标志的。 它左腿蹲曲，右膝跪地，右足竖起，足尖抵地。 上身微左侧，双目炯炯，凝视左前方。 两手在身体右侧一上一下做持弓弩状。

如今，秦兵马俑坑已经出土，清理各种陶俑1000多尊，除跪射俑外，皆有不同程度的损坏，需要人工修复。 而这尊跪射俑是保存最完整的，仔细观察，就连衣纹、发丝都还清晰可见。 这究竟是为何呢？

专家告诉我们，这得益于它的低姿态。 首先，跪射俑身高只有1.2米，而普通立姿兵马俑的身高都在1.8至1.97米之间。 天塌下来有高个子顶着，兵马俑坑都是地下坑道式工木结构建筑，当棚顶塌陷、土木俱下时，高大的立姿俑首当其冲，低姿态的跪射俑受损害就小一些。 其次，跪射俑做蹲跪姿，右膝、右足、左足三个支点呈等腰三角形支撑着上体，重心在下，增强了稳定性。

其实，处世也是如此，保持谦卑的姿态，避开无谓的纷争，就能避开意外的伤害，更好地发展自己。 可是，现实生活中，人们想要一直维系谦卑的姿态却不是很容易。 大多数人总是害怕别人看不到自己的成绩而忽略了自己，害怕不能得到别人的重视而给自己增加许多寂寞。

三国时期的祢衡，初见曹操，就把曹营文武将官尽数贬得一文不值，说："荀彧可使吊丧问疾，荀攸可使看坟守墓，程昱可使关门闭户，郭嘉可使白词念赋，张辽可使击鼓鸣金，许褚可使牧牛放马，乐进可使取状读招，李典可使传书送檄，吕虔可使磨刀铸剑，满宠可使饮酒食糟，于禁可使负版筑墙，徐晃可使屠猪杀狗；夏侯惇称为'完体将军'，曹子孝呼为'要钱太守'；其余皆是衣架、饭囊、酒桶、肉袋耳！"

他把别人看成豆腐渣，却大言不惭地声称自己："天文地理，无一不通，三教九流，无所不晓；上可以致君为尧、舜，下可以配德于孔、颜，岂与俗子共论乎！"曹操自然没收留这个眼空四海的狂徒。他又去见刘表、黄祖，还是走一处骂一处，最后终于被黄祖砍了脑袋，为后人留下了个笑柄。

要衡量一个人是否真正能有所成就，就要看他能否有一直保持谦虚的能力。福特说："那些自以为做了很多事的人，便不会再有什么奋斗的决心。有许多人之所以失败，不是因为他的能力不够，而是因为他觉得自己已经非常成功了。他们努力过、奋斗过，战胜过不知多少艰难困苦，流血牺牲，凭着自己的意志和努力，使许多看起来不可能的事情都变成了现实。然后他们取得了一点小小的成功，便经受不住考验了。他们懒怠起来，放松了对自己的要求，往后慢慢地下滑，最后跌倒了。古往今来，被荣誉和奖赏冲昏了头脑，并从此懈怠懒散下去，终致一事无成的人，真不知有多少……"所以，能够一直以谦卑的心态面对生活的人，总是少之又少。这也就看出了谦卑的难能可贵。

古人常说："谦卑者其实最高贵。"这是因为谦卑是高贵者的通行证，君子懂得谦让，因此行万里也会路途顺畅。 小人好争斗，因此还未动步，路已被堵塞。 君子知道屈可以为伸，因而受辱时不反击；知道谦让可以战胜对手，因而甘居人下而不犹豫。 到最后时，就会转祸为福，让对手知错而成为朋友，使怨仇不传给后人，而美名传扬，以至无穷。 君子的道行不是很宽宏富足吗? 况且君子能忍受纤微的嫌隙，因此没有打斗之类的纷争。 小人不能忍受小忿，结果往往酿成更大的耻辱。

所以，无论何时何地，我们都应保持一颗谦卑的心，唯有如此，生命才能变得更长久，也更加有价值。

很多人的工作糟糕得一塌糊涂，但却想维持一种有格调的小资生活，甚至是贵族生活，这种情形造成的后果是他的经济情况越来越糟糕，最后达到崩盘的地步。

每个人在踏入社会之后，都必须放低身段，看清自己的现状，权衡自己的经济条件，若一味盲目地拔高自己的生活及地位，最终只能导致跌得更惨的后果。 聪明人都知道，要把自己放在最低处。

有一家公司，老板是广东人，对下属非常严格，从不给一个笑脸，但也是个说一不二的人，该给你多少工资、奖金，从不会少你一分，因此下属都拼命地工作。

公司有个规定，不准相互打听谁得多少奖金，否则"请你走好"。虽然很不习惯，员工还是一直遵守着，努力克制着从小就养成的好奇心和窥私癖。有一个月，大家都发现自己的奖金少了一大截，开始不说，但情绪总会流露出来，渐渐地，大家都心照不宣了。

那天中午，吃工作餐的时候，大家见老板不在公司，就有人摔盆碰碗发脾气，很快得到众人的响应，一时抱怨声盈室。

有一位到公司不久的中年妇女，一直安安静静地吃饭，与热热闹闹的抱怨太不相称了，引起了大家的注意。

他们问她，难道你没有发现你的奖金被老板无端扣掉一部分吗？她不语，整个餐厅一下子安静下来，每个人都一脸的疑惑，每个人都在心里揣摩，人人都被扣了，为何她得以逃脱？不久，她被提升了，他们又嫉妒又羡慕，她的工资高出一大截来，还有奖金。

很久以后，大家才知道她当时是被扣得最多的一个，她是这样想的：这个月我一定做得不好，所以才只配拿这份较少的奖金，下个月一定努力。那时她工作近二十年的工厂亏损得已很厉害，常常发不出工资，她实在没办法，因为家庭负担太重，上有生病的老人，下有读书的孩子，还有因车祸落下残疾的丈夫，于是就出来打工了，收入比起以前的工资要高出百十元钱，这让她喜出望外，非常珍惜这份工作，甚至有一种感激的心情。

后来，许多人离开了那家公司，跳了几次槽，却都没有得到一份满意的工作。但是，她一直固守在那儿，已经当上了经理助理，是标准的白领丽人。谁能想到几年前，她不过是人到中年的下岗女工呢？

因为将自己放在了最低处，所以这个中年妇女能够从一个下岗女工干到一个经理助理；因为将自己放在了最低处，所以会有更广阔的提升空间。

愉快地接受他人的忠告

谦虚地听取别人的忠告是提高自身最好的方法了。

"谦虚一点，它可以使你有求必得。"这是 2000 多年前埃及的阿克图国王赠给他儿子的一个精明忠告。 这一忠告在如今仍然十分有用。

我们每一个人都不可能获得这个世界上所有的知识，这时，谦虚地听取别人的忠告则是提高自身修养最好的方法。

罗斯福总统打猎的时候，会去请教一个猎人，而不是政治家。正如他有政治问题的时候，会去请教一个政治家，而不是一个猎人一样。

年轻时，罗斯福在一家牧场打工。一天，他跟一个小头目麦利在培德兰打猎，他们看见了一群野鸡，罗斯福便追着去打。

"不要打。"麦利冲他喊道。

罗斯福对这一忠告毫不理会。当他的眼睛正盯着野鸡的时候，忽然从树丛中跑出了一只豹子，从他面前掠过。罗斯福想拿出他的手枪，可是已经太迟了。要不是麦利及时开枪，罗斯福的命都可能没了。

麦利红着眼珠，责骂罗斯福是个头等的傻子，并以命令的口吻说道："我每次叫你不要打的时候，你就要站着不动，懂吗？"

罗斯福安然地忍受着同伴的怒气，因为他明白同伴所说的是完全正确的。

　　日后他也认真地服从猎人的命令，他之所以服从是因为他知道猎人对于打猎具有比他更丰富的知识和经验。

　　或许，一个电影明星的演技无可挑剔，但是如果让他来证明剧本的好坏，恐怕只会糟蹋了那个剧本。 同样，一个正直诚实的教师在教学方面成绩卓著，但是如果要他证明某种药品的好坏，恐怕也没有人能够相信他的判断。 总之，我们总是会寻找专业领域的人士以获得有关专业方面的知识，这样才会得到有益的忠告。

　　一个人的人格好，并不代表其对于任何事物都有证明的资格。然而，我们在请教别人时最容易走错的路，就是我们总是找那些我们觉得令自己舒服的人，并且要那些人说我们是正确的。 也就是说，通常我们在向人求教时，并不是想追求真正的智慧，或是利用长者已有的经验。 我们不过是想让别人肯定我们的结论。 如果我们得不到这种同情，就会按照自己的计划行事。

　　这并不是真正的谦虚，谦虚的态度应是无论你的感觉好坏，最重要的是求得真理，获取有价值的经验。 虽然你可以找到某些赞同你的人，获得你所需要的肯定，然而，你却不知道你的看法是不是有可行性，有没有与真理接近。 因此，我们要养成一种对于别人的意见无成见的态度，使我们的判断与感觉的好坏无关。

　　在我们接受忠告后，我们也要自己进行一番判断，然后再决定是接受还是拒绝。 一旦我们接受了忠告，但是却把事情做错了，我们也不要责怪别人，因为接受忠告也是经过了我们自己的判断。 如果我们一味地把责任归咎到别人身上，以后恐怕也没有人敢给我们提出意见和建议了。

用柔弱保全自己

在敌强我弱的情况下，收敛一下自己的锋芒，就可以达到麻痹敌人、保全自己的目的。

在我们所受的教育之中，都是教育人要表现坚强，不可柔弱；要表现聪明，不要愚鲁。但时常装装糊涂，反而会起到意想不到的效果。

下面，看一看老子对此有什么认识。

　　一次老子出去传道，路过一个私塾，见一位老先生正在给门生讲课，老先生津津有味地讲："人要表现坚强，不可柔弱；人要表现聪明，不要愚鲁。"老子接言道："非也，非也，刚强的容易折断，柔弱的能够保全。"门生马上跑过来，跪在老子面前，莫明其妙地说："一般人都认为刚强好啊！"老子问道："你的嘴里什么最硬？"门生张开大嘴，指着牙齿说："牙最硬！""那么什么最软呢？"他又动了动舌头说："舌头最软！"于是乎老子也张开嘴巴，指了指牙齿说："你看到了我这年纪，牙齿全部都脱落了，舌头却完好无恙。"随后老子又把他引到一棵大树下，说："你看大树要比地下的草刚强吧？"门生应道："是啊！""那么，台风来的时候，大树经常被连根拔起，小草却完好无恙。风无形无体，却能够拔屋倒树；水可方可圆，能够环山裹陵。这不是说明了刚强的未必是刚强，柔弱的才是真正的强者吗？"老子继续讲道，"一般人认为聪明好，但一个智者应该表现愚鲁，大智若愚。"

接着，老子领着门生去见一个浅薄者："请问，你诗、书、画都行吗？""哈、哈、哈，我诗、书、画都有研究！"老子又问他："你最精的是什么？"他却无从回答，只能说："我什……什么……都不精……"老子领着门生又去见一位高人，见他正在下棋，就说："老先生，你诗、书、画都行吗？"老先生答："对不起！我只懂得下棋，其他方面不行！"老子对他说："你是围棋第一高手呢！"老先生马上应道："我只是皮毛之见，什么都只懂一点点……"于是老子对门生说："人不能处处装聪明，想面面俱到，路路皆通，结果变成肤浅之知，路路不通。"老子认为柔弱就能谦下不争，愚鲁就能弃华取实，一切依循自然。

这就是说，凡事避而不争，迂回前进，反而会有出其不意的效果。而一味地争强好胜，倒会让自己受到伤害。

谦逊就像跷跷板

谦逊就像跷跷板，你在这头，对方在那头。 只要你谦逊地压低了自己这头，对方就高了起来，而这最终会为你打开成长之门。

有人问苏格拉底是不是生来就是超人，他回答说："我并不是什么超人，我和平常人一样。 有一点不同的是，我知道自己无知。"这就是一种谦逊。 无怪乎古罗马政治家和哲学家西塞罗会说："没有什么能比谦虚和容忍，更适合一位伟人。"

一颗谦逊的心是自觉成长的开始，也就是说，在我们承认自己并不知道一切之前，不会学到新东西。 许多年轻人都有这种通病，他们只学到一点点东西，却自以为已经学到一切。 他们封闭了心灵，再没有东西进得去；他们自以为是万事通，实则几乎一无所知。 这就是他们所犯的最严重的错误。

西方哲学家卡莱尔说："人生最大的缺点，就是茫然不知自己还有缺点。"因为人们只知道自我陶醉，一副自以为是、唯我独尊的态度，殊不知这种态度会遭到多数人的排斥，使自己处于不利地位。

老子曾用"水"来叙述处世的哲学："上善若水，水善利万物而不争。"意思是说，上善的人，就好比水一样，水总是利万物的，而且水最不善争。 它与天道一样恩泽万物，所以水没有形状，在圆形的器皿中，它是圆形；放入方形的容器，则是方形。 它可以是液体，也可以是气体、固体。 这正是我们必须学习的"谦逊"。

《荀子》中记载了一个故事：

有一天，孔子参观鲁国的宗庙，留意到一种叫"欹器"的装水容器，便叫弟子倒水进去。水一倒满，欹器立刻翻覆。孔子看了，便感慨地说："啊！是装满就会翻覆的东西。"

《菜根谭》中有句话说："欹器以满覆。"也是告诫人不可太自满，所谓"谦受益，满招损"就是这个道理。《易经》亦云："人道恶盈而好谦。"你足以豪气万千，但绝不能傲气半分，纵然有超人的才识，也要虚怀若谷。

谦逊永远是一个人建功立业的前提和基础。不论你从事何种职业，担任什么职务，只有谦虚谨慎，才能保持不断进取的精神，才能增长更多的知识和才干。因为谦虚谨慎的品格能够帮助你看到自己的不足。永不自满，不断前进可以使人冷静地倾听他人的意见和批评，谨慎从事；否则，骄傲自大，满足现状，停步不前，主观武断，轻者使工作受到损失，重者会使事业半途而废。

肖恩是一个刚刚毕业的大学生，不但相貌英俊，而且热情开朗。他决定找一份能与人频繁交往的工作，以发挥自己的长处。很快，他就得到一个好机会——一家五星级宾馆正在招聘前台工作人员。

肖恩决定去试试，于是第二天清早就去了那家宾馆。主持面试的经理接待了他。看得出来，经理对肖恩俊朗的外表和富有感染力的热情相当满意。他拿定主意，只要肖恩符合这项工作的几个关键指标的要求，他就留下这个小伙子。

他让肖恩坐在自己对面，并且开门见山地说："我们宾馆经常接待外宾，所有前台人员必须会说 4 国语言，这一指标你能达到吗？"

"我大学学的是外语，包括法语、德语、日语和阿拉伯语。我的外语成绩是相当优秀的，有时我提出的问题，教授们都支支吾吾答不上来。"肖恩回答说。事实上，肖恩的外语成绩并不突出，他是为了获取经理的信赖，在标榜自己。但显然，他低估了经理的智商。事实上，在肖恩提交自己的求职简历时，公司已经收集了他的详细信息，其中包括肖恩的大学成绩单。

听了肖恩的回答，经理笑了一下，那显然不是赏识的笑容。接着他又问道："做一名合格的前台人员，需要多方面的知识和能力，你……"经理的话还没说完，肖恩就抢先说："我想我是不成问题的。我的接受能力和反应能力在我所认识的人中是最快的，做前台绝对会很出色的。"

听完他的回答，经理站了起来，并且严肃地对他说："对于你今天的表现，我感到很遗憾，因为你没能实事求是地说明自己的能力。你的外语成绩并不优秀，平均成绩只有 70 分，而且法语还连续两个学期不及格；你的反应能力也很平庸，几次班上的活动你都险些出丑。年轻人，在你想要夸夸其谈时，最好给自己一个警告，因为每夸夸其谈一次，你的综合分数都要被减去 10 分。"

在我们的生活中，像肖恩这样的人并不少见。很多人只知吹嘘自己曾经取得的辉煌，夸耀自己的能力和学识，以为这样可以博得别人的好感和赞扬，赢得别人的信任。但事实上，他们越吹嘘自己，越会被人讨厌；越夸耀自己的能力，越受人怀疑。

俄国作家契诃夫曾说："人应该谦虚，不要让自己的名字像水塘上的气泡那样一闪就过去了。"如果你认为自己拥有广博的知识、高超的技能、卓越的智慧，却没有谦虚镶边的话，你就不可能取得灿烂夺目的成就。

放下架子天地宽

　　摆架子的人只会使自己的就业之路越走越窄，因为你讲究"架子"，计较"得失"，就等于人为地给自己画了一个圈，限制了自己的手脚，而别人用起你来也会瞻前顾后、顾虑重重，会将目光投向他处；反之，则会给人一种具有良好团队意识的印象，同事间的关系也会融洽，别人乐于助你，你的发展机会就大得多。

　　摆架子其实就是一种极端不自信的表现，这其实是一种对自我的限制。自我认同越强的人，自我限制也越厉害，所以，博士不愿意当基层业务员，高级主管不愿意主动去找下级职员，知识分子不愿意去做不能用上所学知识的工作……因为他们认为，如果那样做，会有损他们的身份！殊不知，放不下架子，只会让机会白白从自己身边溜走。

　　放下架子并不是屈服的表现，而是为自己另寻一个生机。古时，司马相如、卓文君为了守护爱情放下架子，开小吃店维持生计；范蠡带了西施隐姓埋名，放下架子从商，而成为后来的陶朱公；越王勾践放下架子服侍吴王夫差，终于复国；宣统皇帝放下架子，在共和国成立之后当了中山公园园丁，从而延续生命；历代贤明帝王放下架子，微服出巡，与民同欢乐，共甘苦；环亚董事长郑绵绵，17 岁时放下架子擦玻璃体会生活。

　　许多人不肯做一些工作，就是因为放不下架子，觉得这样是受屈辱，有一则这样的故事：

　　　　一个千金小姐随着婢女逃难，干粮吃尽后，婢女要小姐一起去乞讨，千金小姐说："我可是个千金小姐！怎么能去乞讨呢！"便不再理会婢女。后果可想而知，贵为千金的小姐被饿死了，而婢女却拥有了一次重生的机会。

"架子"只会让人生之路越走越窄，这并不是说有"架子"的人就不能有得意的人生，但在非常时刻，如果还放不下架子，那么只会让自己无路可走。比如，博士如果找不到工作，又不愿意当业务员，结果便会因此而产生消极厌世的情绪，终成不了什么大事。而如果能放下架子，那么路就会越走越宽，因为路都是靠自己走出来的！

中国赴海外求学的留学生，近年来人数不断攀升。随着中国经济快速发展，国外市场相对降温，越来越多留学生毕业后，纷纷选择回国就业，使就业市场的"海归派"剧增。由于出国留学花费很大，留学生回国后，总希望立即找到高薪工作，先把学费赚回来。一位花了 50 万元在英国留学两年的"海归"说，他期待的月薪是 1 万元。但这往往与企业开出的条件有很大的落差。

上海的一项调查显示，有多达 1/3 的留学生找不到工作，这些待业的留学生，由于都在啃着老本，因此又被称为"海啃族"。《中国青年报》报道，一名中国名校大学生在 2003 年毕业后就前往英国一所优秀大学留学，学的是当时相当热门的金融专业。但是从 2007 年年初回国后，在将近一年的时间内，都没有找到理想的工作，只能待在家里，靠啃老本度日。

从职业规划的角度看，这样的"海啃族"主要是心态没调整好，是典型的"高不成低不就"。其实只要一份职业跟所学专业不完全相关，职场新人都需要从头学起。用人单位看到的是你名校的学历证书，但是却无法看出你有多强实力，能给企业创造多大价值。 这些都需要在工作中证明。 如果不能放下自己的架子，那么很可能会永无出头之日。

当今社会高才生比比皆是，大批有学历的人照样失业，找不到工作。 如果他们能放得下架子，善待每一次良好的时机，从基层做起，总会有发光的那一刻的到来。 因为，人生有一万种可能，谁都不知道下一种可能是什么。 只要你放下了架子，一步一步地坚定地走下去，那么，路只会越走越宽，你就能越走越远。

"放下架子，甘当小学生"，这是前辈们留下的优良传统。 时下，由于"官本位"等封建思想的侵蚀，个别干部淡忘了做人民公仆的本质要求，养成了做官当"老爷"的恶习，群众私下形容他们"官不大，架子不小""水平不高，架子倒端得挺足"。 出现了这样不和谐的干群关系，事业想要和谐发展根本是无稽之谈。

"架子"像一把无形的利剑，横在干群之间，即使是面对面，心却隔得很遥远。 一个干部，能力有大小之分，但是否最终能造福社会，有所作为，有无"架子"关系甚大。 可以说，凡是得到群众认可、成就一番事业的，都是没有"官架子"的人。 如焦裕禄、孔繁森、郑培民、牛玉儒，没有一个是摆"架子"的。 他们的高风亮节，如一座座丰碑耸立于人们心中。 没有架子，才能广纳真言。你与群众交朋友，态度诚恳随和、热情谦虚，不拿腔拿调吓唬人，言谈举止群众接受得了，群众就敢和你说真话、吐真言。 因为，他们知道，即使自己不小心说了几句"过头"的话，你也不会"秋后算账"。

放下架子，才能了解到真相。 你把自己看作一个普通人，让群众感觉和你在一起，没有贵贱之分，喜欢和你拉家常，有什么话都想和你说说。 这样一来，何愁不解民意呢！和群众打成一片，并不会因此而有失自己高贵的身份，反而会提高自己的身份。

放下架子，才能赢得真心。你把百姓当亲人，百姓才会把你当亲人。与群众亲密无间，情同手足，他们就乐于和你掏心窝子，把心交给你。

臧克家在纪念鲁迅的诗中写道："俯下身子给人民当牛马的人，人民永远记住他。"此话同样也能揭示一个好官在老百姓心中，架子和威信成反比的关系。

在现实生活中，虽然每一个人在职务高低，知识多寡，贫富差距，身体强弱，年龄长幼，性别等方面有不同，但在人格上都是平等的。人际交往中，不管对方职位高低、贵贱，都应给予应有的尊重，只有互相尊重才会有正确的自我认识。

事实证明，真正有才能的人就不会摆架子。朋友们，放下学历、背景、身份、地位的包袱吧，让自己回归到普通人行列中来，不在乎别人的目光和议论，大胆地从基层做起，从基础工作做起。这样，就业之路才会越走越宽，越走越顺畅。

第八章

这十年你要学会抓住机遇

不放弃万分之一的成功机会

　　我们当中的很多人，不仅自己不去为看来不可能实现的事情努力，反而还去嘲笑那些为了梦想而努力的人们，觉得他们愚蠢。或许有一天，当你再次见到那个曾经被你嘲笑过的人之时，会突然间发现他已经成为一个非常成功的人。

　　生活中有无数的挑战，也有无数次与你擦肩而过的机会，有些人视而不见，而另外一些人却牢牢地抓住了它。有时候仅一次机会就会改变一个人一生的命运，很多人抱有一身本领，却不懂得如何抓住机会，所以一生"怀才不遇"，而一些人虽然不是"学富五车"，但却总走得比别人远，也并非投机取巧，而是他善于抓住不远处的机会，每一次都不错过。所以我们常常会看到这样的现象：一些人并不是很出色但却能走到高处，做出成绩，而那些"才高八斗"的人却总是失意，就是因为不懂得运用机会。

　　不过，机会或时机又是难以察觉和捕捉的，它不会自己跑来敲你的门，也不会大喊大叫把你惊醒。它像不经意间掠过你面前的一阵风，又像一条水中的游鱼，似乎抓住了却又从你手中溜走。机会的确是成功的催化剂，成功人士凭借机会可以更快地达到目标。有一句格言说得好："幸运之神会光顾世界上的每一个人，但如果他发现这个人并没有准备好要迎接他时，他就会从大门里走进来，然后从窗子里飞出去。"台塑董事长王永庆的确算得上是一个善于抓住机遇的人。

　　1980 年，美国经济陷入低潮，石化工业普遍不景气，关闭、停产的石化工厂比比皆是。经济萧条期间，许多企业家抱着观望的态度，不敢贸然行动，那些濒临倒闭的石化厂虽然亏本出售，但是却仍无人问津。在这时，王永庆却发动攻势，以出人意料的低价，买下得克萨斯州休斯敦的一个石化厂。得克萨斯州是美国石油蕴藏量最丰富的一个州，而且油质非常好。王永庆在那儿筹建全世界规模最大的 PVC 塑胶工厂，年产量 48 万吨。

王永庆在第二年又以迅雷不及掩耳的速度在美国的路易斯安那州和德拉瓦州各买下一个石化厂。1982 年，王永庆又以 1950 万美元买下了美国 JM 塑胶管公司的 8 个 PVC 下游厂。王永庆的这些大胆举动令同行大为不解，他们用疑惑的目光注视着他，议论纷纷。

可王永庆认为：在经济不景气的时候进行投资，收购或建厂的成本比较低，可增加产品的竞争能力。而且，经济大都遵循一定的周期规律，有落必有涨，兴建一座现代化工厂需要一年半到两年时间，在经济不景气时建厂，等到建设结束时，市场又在复苏之中，正好赶上销售良机。

不过经济复苏却花了很长的一段时间，加上收购的工厂出现了一系列的问题，例如：石化厂机器老化、设备残旧等，让他在一年时间内亏损了 80027 美元。不过，这时的王永庆并没有灰心，他通过改制，让工厂的面貌有了彻底改观，生产很快走上了正轨。

经过台塑人的辛勤奋斗，到 1983 年底，王永庆在美国的 PVC 厂每年的产量共计达 3975 吨，加上台塑原有的 5577 吨生产能力，合计年产量达到 94 万吨，台塑企业成了世界上产量最大的 PVC 制造商。

机会对于我们每一个人来说，都是来之不易的，无论它是多么微小，都值得一试。只有尝试才会有希望，放弃机会就等于放弃了成功的可能。

幸运之神会光顾世界上的每一个人，但如果他发现这个人并没有准备好要迎接他，他就会从大门里走进来，然后从窗子里飞出去。

精心准备才有机遇

俗话说：磨刀不误砍柴工。 在成功的道路上也同样如此，要想抓住成功的机遇，就要做好精心的准备。

莱斯·布朗与他的双胞胎兄弟出生在迈阿密一个非常贫困的社区，出生后不久就由帮厨女工梅米·布朗收养了。

由于莱斯非常好动，又含含糊糊地说个不停，因而他小学就被安排进一个专门为学习有障碍的学生开设的特教班，直到高中毕业。毕业之后，他成了迈阿密市的一名城市环卫工人。但他却一直梦想成为一名电台音乐节目的主持人。

每天晚上，他都要把他的晶体管收音机抱到床上，听本地电台的音乐节目主持人讨论摇滚乐。就在他那间狭小的、铺着已经破损的地板革的房间内，他创建了一个假想的电台——用一把梳子当麦克风，他念经一般喋喋不休地练习用行话向他的"影子"听众介绍各种唱片。

透过薄薄的墙壁，他母亲及兄弟都能听到他的声音，于是，就会对他大吼大叫，让他别再耍嘴皮子，而是去睡觉。然而，莱斯根本就不理睬他们，他已经完全沉醉在自己的世界里，努力想要实现他的梦想。

一天，莱斯利用在市区割草的午休时间，勇敢地来到了当地电台。他走进经理办公室，说他想成为一名流行音乐节目的主持人。

经理打量着眼前这位头戴草帽、衣衫不整的年轻人，然后漫不经心地问道："你有广播方面的背景吗？"

莱斯答道："我没有，先生。"

"那么，孩子，我们这儿可能没有适合你的工作。"

于是，莱斯非常有礼貌地向他道了谢，然后转身离去了。经理以为再也不会见到这个年轻人了。然而，他却低估了莱斯·布朗对自己理想的投入程度。要知道，莱斯还有比成为一名音乐节目主持人更高的目标——他要为他所深爱的养母买一幢更好的房子。电台音乐节目主持人的工作仅仅是他迈向这个目标的一步而已。

梅米·布朗曾经教莱斯要去努力追寻自己的梦想，因此，莱斯觉得无论电台经理怎么说，他都一定要到这家电台找一份工作。

于是，莱斯连续一周天天都到这家电台去，询问是否有职位的空缺。最后，电台经理终于让步了，决定雇他跑跑腿，但没有薪水。刚开始的时候，莱斯的工作是为那些不可以离开播音室的主持人们取咖啡，或者是去买午餐和晚餐。

正是莱斯对工作的积极热情，使他终于赢得了音乐节目主持人的信任，他们让他开着他们的凯迪拉克车去接电台邀请而来的一些名人，像诱惑合唱团、黛安娜·罗斯，还有至高无上乐队等等。他们不知道年轻的莱斯竟然没有汽车驾驶执照。

在电台里，无论人们让他做什么，莱斯都会去做——有时候甚至做得更多。整日与主持人们待在一起，他便自学他们的手在控制面板上的动作。他总是尽量待在控制室里，潜心地学习，直到他们让他离开。晚上回到自己的卧室，他就认真投入到练习当中，为他确信一定会到来的机遇做好准备。

一个星期六的下午，莱斯还待在电台里，有一位叫罗克的主持人一边播着音，一边喝着酒。而此时，整个大楼里除了他就只有莱斯一个人了。莱斯意识到：照这样下去，罗克一定会喝出问题的。莱斯密切注意着，在罗克的演播室窗前来来回回地踱着步子，还不停地自言自语道："喝吧，罗克，喝啊！"

莱斯跃跃欲试，而且他早就为此做好了准备！如果此时罗克让他去买酒的话，他会冲到街上去给他买更多的酒。正在这时，电话铃响了，莱斯立刻冲过去，拿起了听筒。果不出莱斯所料，正是电台经理打来的。

"莱斯，我是克莱恩先生。"

"嗯，我知道。"莱斯答道。

"莱斯，我看罗克是不能把他的节目坚持到底了。"

"是的，先生。"

"你能打电话通知其他主持人，让他们注意谁过来接替罗克吗？"

"好的，先生，我一定会办好的。"

但是，莱斯一挂断电话，就自言自语地道："马上，他就会认为我一定是疯了！"

莱斯确实打了电话，但却并不是打给其他主持人。他先打电话给他妈妈，然后是他女朋友。

"你们快到外面的前廊去，打开收音机，因为，我就要开始播音了！"他说。

等了大约 5 分钟之后，他给经理打了个电话。"克莱恩先生，我一个主持人也找不到。"他说。

"小伙子，你会操作演播室里的控制键吗？"克莱恩先生问道。

"我会，先生。"他回答道。

莱斯箭一般地冲进演播室，轻轻地把罗克推移到一边，坐到了录音转播台前。他准备好了！并早就渴望这个机会来临。他轻轻打开麦克风开关，说："注意了！我是莱斯·布朗，人称是唱片播放大叔，可以说是前无古人，后无来者，因此，我是举世无双、天下唯一。我年纪轻轻，单身一人，喜欢与大家在一起倾听音乐，品味生活。我的能力是经过鉴定的，绝对的真实可靠，一定能够带给你们一档丰富多彩的节目，让你们满意。注意了，宝贝，我就是你们最喜爱的人！"

正因为有了精心准备，莱斯才能如此从容。他赢得了听众和总经理的心！从那个改变一生的机遇起，莱斯开始了在广播、政治、演讲和电视等方面不断获取成功的职业生涯。

机会往往是靠自己捕捉来的

自己创造好运，就是要力争主动，主动出击，发现适宜于自己的机会一定要全力以赴，这样，好运真的会时时伴随着你。

命运并非机遇，而是一种选择；我们不应期待命运的安排，必须凭自己的努力创造命运。

下面这个故事非常有意思：

> 伊塔这几天一直坐在他的地边，而不挖已经成熟的土豆，他的邻居安第问他为什么不干活。伊塔说："我不用受累，我的运气好极了，有一次我正要砍几棵大树，忽然来了一阵飓风，把大树刮断了。又有一次我正要焚烧地里的杂草，一个闪电将它们全烧光了。""噢，你的运气真不错，那你现在在干什么呢?"安第问，伊塔回答说："我在等一次地震把我的土豆从土里面翻出来呢。"

当然这仅仅是一个笑话，就同中国古代"守株待兔"的寓言一样。 这些笑话中的主人公显然弄错了两件事：一是以为好运如同刮风下雨一样常常有，二是认为运气可以不请自来。 我们要想获得成功，绝对不能像他们那样做，我们要明白这样的事实：运气不会常有，好运是要靠你自己去创造的。

人们创业致富和成功，有时是要依赖一些运气，但运气不是机会，它带有机会的一些特征，但更具有偶然性、意外性。 运气来了你躲也躲不掉，而机会则不同，机会往往是靠自己捕捉来的，而非等来的。

自己创造好运，就是要力争主动，主动出击，发现适合自己的机会一定要全力以赴，这样好运才会真的时时伴随着你。 原因是：

第一，主动出击是俘获机遇的最佳策略。 机遇是珍贵的、稀缺的、稍纵即逝的，如果你能比同样条件的人更为主动一些，机遇就更容易被你掌握。

第二，"千里马"也应当找伯乐。 世界上总是"千里马"多而伯乐少，并且伯乐在明处，"千里马"在暗处。 伯乐再有眼力，他的精力、智慧和时间也是有限的，等待可能会耽误你的一生。 既然我们都知道"守株待兔"是愚蠢的举动，那么我们为什么要守"雄才"而待"伯乐"呢？

第三，岁月不饶人。 随着时代的进步，新人辈出，每个立志成才者都应考虑到自己所付出的时间成本。 一次机遇的丧失，便可导致几个月、几年甚至是一生年华的白白流逝。

明白这些道理之后，我们就会产生一种紧迫感，重新思考自己的处世态度，并且在行动上多几分主动，以便更多的人来注意自己。

一个成功者，不仅应是一个伟大的制造商，善于生产社会最需要的产品，并且应该是一个伟大的推销员，善于使人认识和接受自己的产品，把自己"卖"出去。 这便是毛遂自荐。

毛遂自荐，在当下而言，就是瞅准机会，大胆出击，找上门去，"推销"自我。

毛遂自荐是需要勇气和胆识的。 不自信的人、害怕失败的人往往不敢尝试，而这也成了造就一大批平庸无为者的缘由，更成为人才被埋没的一个原因。

而名人却敢于这样做，因为他们对自己充满了信心，对自己的事业充满了狂热的爱；因为他们深深知道，好运是等不来的，必须主动去创造、去争取。

冒险带来机遇

对于创业者来说，决策最重要的就是把握时机。一个好的决策，假如能够与决策者把握的时机相匹配，无疑会达到如虎添翼的效果。

在生产经营中谁赢得了时间，谁就赢得了空间，也意味着赢得了时间，赢得了主动，赢得了胜利。

然而，在激烈的市场竞争中，要全盘准确地掌握时机是不可能的，有时错失时机，正确的决策也会酿成错误，所以这时非依仗胆识进行冒险不可。

风险决策是常遇到的一种情况，凡属开拓性的新经营事业，从没有不带有风险性的。风险和利益是相辅相成的，往往会成正比发展。

如果风险小，许多人都会去追求这种机会，利益由于均分也就不会大而持久。如果风险大，许多人就会望而却步，所以能够拥有独占鳌头的机会，得到的利益也就大些，在这个意义上讲，有风险才有利益。

风险决策，是对决策者素质的检验。真正十拿九稳的事也就无须决策。然而，冒点风险在于"化"，要把风险化成效益决不能蛮干。"实施强攻无节制就会失败。"要在客观条件限度内，能动地争取经营的胜利；同时充分地发挥自觉的经营能动性，是化险为夷的可能所在。勇气和胆略要建立在对客观实际的科学分析上，顺应客观规律，外加主观努力，就能从风险中获得利益。

雷克莱是一位来自以色列的移民，初到美国不久，他敢于出狂言，在 10 年之内赚到 10 亿美元。他打算用两个冒险的方式获取那 10 亿美元：第一个方式，用短期付款的方式购得一个公司的控制权；第二个方式，用公司的资产作为基金去赢得另外一家公司的控制权。

　　雷克莱常用第一个方式，他认为这个方式是最有利的。如果现实情形不允许采取第一个方式，非得运用第二个方式不可，他宁可用现款买下某一家公司，但其先决条件是：从买下的这家公司中，马上可获得更多的、可以运转的现款。

　　我们不能小看雷克莱的这两种方式。如果抓住机遇，采用适当的方式的话，要拥有几个公司，甚至成百上千个公司，并不完全是幻想。这也无怪雷克莱在移居美国仅仅几年之后就敢夸下海口，要在 10 年之内赚到 10 亿美元！

　　后来的事实表明，雷克莱的口气的确太大了。10 年的时间过去了，他并没有全部达到预定的目标，在追加了将近 5 年时间之后，他才真正成为名副其实的 10 亿富翁，这些都是后话，我们还是谈谈他在明尼亚波里斯组建第一家公司的事吧。

　　当时，雷克莱白天在皮柏·杰福瑞和霍伍德证券交易所做事。到了晚上，他在一个小型补习班讲授希伯来语。一次极为偶然的机会使他对速度电版公司产生了兴趣。这家公司就是美国速度公司的子公司之一，它是专门生产印刷用的铅版和电版的。

事情是这样的：有一天晚上，雷克莱给补习班讲完课回家，在路上遇见一位名叫伍德的学生家长。此人正在做股票生意。他是雷克莱工作的那家证券交易所的常客。两个人彼此熟悉，所以一见面就攀谈起来。他们从股票的价位，谈到雷克莱教希伯来语的情形，到最后，伍德谈起他投资的一家公司，这家公司便是速度电版公司。

　　在明尼亚波里斯，速度电版公司是一家比较大的企业，它具有最新的生产设备，有宽敞的现代化厂房。然而，它一直是个冷门公司，经营几年下来，还是没有多大的起色。这家公司也有股票上市，只是股票价位始终高不起来。

　　雷克莱开始暗暗地注意速度电版公司的动态，把这家公司当作他争取的目标之一。几年来，这家公司虽然没有多大的发展，但一直保持稳定的收益，大部分股东都把速度电版公司的股票当作储蓄存款放在那里。该公司的股票在市面上流通的数量并不大，买卖也不火热。雷克莱要想获得这家公司的控制权，唯有收购股票这一途径。如果不设法制造一个机会，使这家公司的股票形成强烈卖势，雷克莱根本无法达到自己的目的。

　　通过和伍德的谈话，雷克莱感到这是个机会。伍德是速度电版公司的主要股东之一，假如利用伍德对该公司的厌倦心理，兴许可以酿成一种对雷克莱有益的"气候"。雷克莱就充分发挥这次谈话的效力，使伍德甘愿让他帮忙把所持的股票尽早脱手。雷克莱同时还发现，伍德急于要卖掉速度电版公司的股票，绝不仅仅是因为钱，其中必有其他原因。

雷克莱一回到家里，便迫不及待地翻阅与速度电版公司相关的许多资料。雷克莱是个很有心计的人，他在工作之余，把将来有可能被他收购的公司的资料剪贴得十分齐全。从电版公司创业时的宣传材料，到历年的各期损益表，他全部都详细地看了一遍。

然后，他画了一张简单的曲线表，以便于对这家公司的经济状况一目了然。从速度电版公司最近一期的损益表中很难看出问题，这是因为该公司的销售收入略有增加，盈利也比上期好。雷克莱就从公司外部因素进行分析。他想，这几天铅的价格大涨，每吨高达230.5英镑，这个因素对于电版业的经营一定会有很大的影响。

他认为，速度电版公司有很不错的客观条件，但是业绩平平，这也就可以表明公司负责人的能力有限。对于一个应付日常工作都力不从心的人，一旦遇到意外的情况，他肯定会自乱章法，一筹莫展。

雷克莱敏锐地意识到，目前有两个机会可以大做文章：一是速度电版公司股东们的动摇心理，二是伍德急于脱手的股票。如果搞得好的话，速度电版公司就会成为"连环套"策略的第一环。

雷克莱灵巧利用了一些微妙的关系，并且竭力保持自己的良好信誉，最终以20万美元的短期付款方式从伍德手中取得了价值百万元的股票。

随后，他又在速度电版公司的股票已经下跌的形势下，利用比当时议价低 5% 的现款付清了伍德的其余股款。伍德虽然吃了 10 万美元的亏，但他仍庆幸自己把全部股票都脱手了。

实际上，速度电版公司股票的价格不可能长久地大幅度下跌，因为这种股票的实际价值已经超过了市价。雷克莱以伍德的股权融资，购买了那些小股东们急于脱手的股票。当速度电版公司的股票跃为热门股时，雷克莱就已经拥有该公司 53% 的股权。

此刻，他马上召开临时股东大会，并顺利地当选为董事长。雷克莱走马上任以后，把公司的名称改为"美国速度公司"。他决定将美国速度公司当作是自己发展的大本营。

为壮大这个公司，雷克莱认真经营，使得本公司股票变成强势股票。不久，他又将美国彩版公司与美国速度公司一同合并了。

在不到一年时间里，雷克莱从证券交易所普通分析员一跃而成为大公司的董事长。人们不免会问：他哪里来这么多资金呢？

的确，他在控制速度电版公司之前，手头只有二十几万美元。到后来，他用炒股票的方式夺得了这家公司，他的财产一下暴增了好几倍。紧接着，他用美国速度公司财产作抵押，买下了美国彩版公司。这种有形的扩展，当然并不是雷克莱的主要收获。他的主要收获是：美国速度公司的成长和吞并美国彩版公司的成功，使他对"不使用现款"的策略信心十足，这同时也使他实现自己的宏图大志有了一个主要的动力。

初施计谋得手之后，雄心勃勃的雷克莱感觉到明尼亚波里斯对他来说似乎是狭小了一些。要想大干一番，就必须到纽约去。

于是，雷克莱果真从明尼亚波里斯到了纽约。在纽约这个大都会，甚至很少有人知道雷克莱的名字，当然更没有什么人知道他的"连环套经营法"，而且几乎没有人知道他建立美国速度公司的事情。被人冷落确实是一件非常痛苦的事。雷克莱后来曾大发感慨："纽约工商界人士的眼睛是最势利的，他们只认识对他们有用的人，也只跟那些有名气的人交谈。对于无名小卒，他们是不屑一顾的。"这番话无疑是他初到纽约时最为深切的感受。

雷克莱到纽约后意识到，要想跻身纽约工商界，首先一定要自我宣传一番。

于是，他先在犹太籍的商人中间传播所谓"连环套经营法"。没想到，他的宣传引起纽约工商界人士的反感和报界的批评。原来，在几年前米里特公司的负责人鲁易士和金融专家汉斯就企图使用"连环套经营法"来扩大自己的企业，结果以失败告终。也正是因为失败，汉斯跑到芝加哥自杀了。从此，纽约工商界人士便把"连环套"的办法称为经营上的自杀行为。

犹太人血统的雷克莱毕竟不同于鲁易士和汉斯，人家认为无法做的生意，他可以从中赚大钱，别人认为无法发展的环境，他却能够找出办法来求发展。

　　雷克莱找到李斯特长谈了一夜。通过这次交谈，雷克莱意识到，报界的批评已经起了反宣传的作用，使公众知道了他的存在。在当前最要紧的是尽快用"连环套经营法"的成功事实来证明自己的业绩，并立马找到一家知名度高、经营管理不善的公司。经李斯特介绍，雷克莱进入了 MMG 公司。这是一家有着多种销售网络、多样化经营的公司。

　　雷克莱在进入 MMG 公司一年多的时间里，充分发挥了他的经营才能，在他的努力下，该公司的营业额扩大了两倍多。不久，该公司的主要负责人有意提出退休，雷克莱不失时机地买下了 MMG 公司，并把它放在美国速度公司的控制之下。这样，他就在纽约奠定了第一块基石。

　　当时，MMG 公司的另一个大股东是联合公司，它同时也是一家拥有几个连锁销售网的母公司。雷克莱把 MMG 公司的股权转卖给联合公司，而从其他的渠道获得了联合公司的控制权。雷克莱控制了联合公司，也就是间接地控制了 MMG 公司。

　　第一个连环套搞成之后，雷克莱继续盘算下一步的计划，目标即联合公司的控制人之一格瑞。格瑞的重要关系公司是 BTL 公司，这是一家拥有综合零售连锁网的母公司。虽然这家公司经营状况不太好，可是，雷克莱凭着自己从事股票交易的特殊才能和精确的分析，相信 BTL 公司值得投资，假如获得 BTL 公司的控制权，自己的企业又可以增加一个连环套了。

BTL 公司的规模很大，雷克莱要想一下子获得它的控制权很不容易。所以，他重施故技，先给人们造成一个该公司势弱的印象，然后大肆购买人家所抛售的 BTL 公司的股票，并把联合公司的财产抵押出去，目的是将整个财力都投于 BTL 公司。最后，雷克莱终于获得了 BTL 公司的控制权。

雷克莱获得 BTL 公司之后，名声大振。1959 年，在《财星》杂志上刊登了一篇评论雷克莱的文章这样说："雷克莱巧妙的连环套是这样的：他控制美国速度公司，美国速度公司控制 BTL 公司，BTL 公司控制联合公司，联合公司控制 MMG 公司。"

事实上，雷克莱并不满足于控制 BTL 公司，他又开始研究一套新的经营方法。他把连环套中的公司进行合并，即把 BTL 公司、联合公司和 MMG 公司的各不相通的连锁销售网合并起来，从而形成一个庞大的销售系统。而且在这个庞大的销售系统中，雷克莱把 MMG 公司作为主干。他这么做的主要目的是为了缩短控制的途径。过去他控制 MMG 公司要经过 BTL 公司和联合公司，现在甚至完全颠倒了过来，他直接控制 MMG 公司，然后由 MMG 公司直接控制 BTL 公司和联合公司。

由此可见，雷克莱的"连环套经营法"已发生了重大变化。从前单线控制，现在是双线，甚至多线控制了。

雷克莱心目中的大帝国式的集团企业已经略有眉目，于是，他的胆子更大了，他的注意力由纽约转到了全国各地，那些凡是他认为有利可图的企业，他都想插上一脚。

1960 年，雷克莱的 MMG 公司用 2800 万美元买下了俄克拉荷马轮胎供应店的连锁网。此后不久，雷克莱又买下了经济型汽车销售网。

虽然雷克莱进行了多角化经营，并且一连买下两个规模不小的连锁销售系统，但距他"10 亿美元企业"的目标还差得很远。他明显地意识到，必须向那些巨大的公司下手才行。

1961 年，拉纳商店在经营上发生了严重问题，老板有意出让经营权。这是美国最大的一家成衣连锁店，雷克莱当然不愿错过机会。他亲自出马洽谈，最终以 6000 万美元买下了这个庞大的销售系统。

雷克莱对"不使用现款"的策略已得心应手，所属企业好像滚雪球一般地不断增大，其发展速度也比以前加快了。在此后几年当中，他又买下了在纽约基层零售连锁店中居于主导地位的柯某百货店和顶好公司，还买下了生产各种建筑材料的贾奈制造公司和世界著名的电影企业——华纳公司，以及国际乳胶公司、史昆勒蒸馏器公司。它们都处在 MMG公司的控制之下。

雷克莱的"基地"——美国速度公司也在不断壮大，在不长的时间当中，有很多公司陆续被纳入他的控制范围，其中比较著名的有：美国最大的男士成衣企业科恩公司和李兹运动衣公司。到最后，当李斯特把自己的格伦·艾登公司也卖给雷克莱时，他的企业规模已经达到相当理想的程度，他所拥有的资本已超过 10 亿美元。

雷克莱凭借"纸契"（包括合约书和抵押权状）扩大企业的做法，经受了很多大风大浪的考验。换句话说，他在扩展自己企业的过程中事实上并非一帆风顺，有次危机几乎把他苦心创建的基业冲垮。那是 1963 年的事。当时，股票市场受到谣传的影响，股票价位发生极大的变动。

有一家很著名的杂志也旧事重提，批评雷克莱倒金字塔式的企业结构问题严重，这使敏感的投资者在心理上产生极大的恐慌，有些人开始大量抛售雷克莱的股票，股票价位也随之大幅度滑落。幸亏雷克莱在商场的人缘不错，这样使得他在股价一路下跌的困境中，获得了至少两大企业集团的全力支持，他们连续买进雷克莱的 20 万股股票，总算把阵脚稳住了。

我们简单地回顾一下雷克莱的创业经过：1947 年，他从英国陆军退役下来，回到故地巴勒斯坦周游了一趟，便带着妻子在美国定居。

最初，他是靠替别人做事维持生活。1953 年，他在明尼亚波里斯建了第一家公司——美国速度公司，这是他筹划中的集团企业的总枢纽。几年后，他在世界第一大都市纽约打开了经营局面，当上了"10 亿美元企业"的总裁。

雷克莱以微薄的财务创造"10 亿美元的企业"，他靠的就是冒险投资。因此，有人说雷克莱是世界上"最大的赌徒"。他对这一绰号并没有提出异议，反而对它做了延伸性的解释:"严格地说来,任何投资都要冒险,这的确跟赌博没有多大差别。冒险投资额越大,赚得就越多。假如你想得到 10 亿美元的大企业,你就要有输得起 10 亿美元的胸怀。"

怎样把握机遇

这是个不完美的世界，这一点不必费劲就会发现。 可是，你还是有许多机遇可以去获得成功。 机遇有的明显，有的隐蔽；有的持久，有的短暂；有的似是而非，如果不认真细致地逐一审视、检查与筛选，是很难及时发现和抓住的。 但你一定要记住：机遇是获得某种成功的重要线索，是事业腾飞的重要契机，千万不要与它失之交臂！

当机遇真正降临到你头上之时，能否将它牢牢抓住，那就要看你有没有这个能力了。

机不可失，时不再来。 机遇到了，你必须好好把握它。 如果在机遇面前优柔寡断、犹豫不决，就会失去机遇，因为机遇是不等人的。 要有捕捉机遇的强烈欲望，这是一种不可缺少的精神动力，它会激发我们在纷繁复杂的众多现象中随时随地地留意机遇的出现，并保持着高度的警觉和敏感。

世间让人感到可惜的就是那些不能决断的人。 事情对他有利时，他不敢拍板，前怕狼后怕虎，这也顾忌那也犹豫。 这种主意不定、意志不坚的人，既不会相信自己，也不会被他人所信赖，机遇更不会青睐于他。

机遇到手是值得高兴的。 然而，我们更应该好好珍惜它，用好它。 机遇并非唾手可得，有时可能几年才能遇上一次较好的机遇，还有的要经过激烈竞争、拼搏才能到手，可谓来之不易。 所以自当加倍珍惜，把它当成发展自己、更新自己的起跳板，借机鼓舞斗志，跃上一个新台阶。

然而，有些人在对待机遇的问题上，时常表现出虎头蛇尾的倾向。机遇到来之前，他们竭尽全力，绞尽脑汁，勇于拼搏，从不懈怠。可是，一旦机会相中自己，他们就沾沾自喜，以为万事大吉，松懈下来。如此不珍惜机遇的态度是可悲的，其结果定会以失败而告终。

俄国著名作家高尔基曾在老板的皮鞭下，在敌人的明枪暗箭中，在饥饿和伤残的威胁下坚持读书、写作，终于成为世界文豪。

美国著名科学家富兰克林在贫困中坚持自学、刻苦钻研，决不放弃，成为近代电学史上的奠基人。

可见，成功人士或是煎熬于生活苦海，或是挣扎于传统偏见，或是奋发于先天落后与失败之中，他们最终得以成功的秘诀在于他们朝着预定的目标，坚持不懈，永不放弃，一旦时机成熟，机遇来临，就顺势而上，一举成名。

通常，看到错误，人们首先的反应是悔恨、失望和放弃。殊不知你放弃的可能是一次好的机遇。其实，在犯错误的时候，机遇或许已经悄然地到达你的身边，你一定要分辨清楚，主动改正错误，才能抓住这来之不易的机遇！莫与机遇擦肩而过。机遇的发现，既依赖于机遇是否出现，也依赖于人们对机遇的认识和体会。对于同一现象的"意外出现"，是否把它视作机遇，怎样评估机遇价值的大小，看法通常会因人而异。

相传康熙年间，安徽青年王致和赴京应试落第后，决定留在京城，一边继续攻读，一边学做豆腐谋生。然而，他毕竟是个年轻的读书人，没有经营生意的经验。夏季的一天，他所做的豆腐剩下不少，只好用小缸把豆腐切块腌好。由于日子一长，他竟将这缸豆腐忘了，等到秋凉时想起来了，腌豆腐已经变成了"臭豆腐"。

王致和十分恼火，正欲把这"臭气熏天"的豆腐扔掉时，转而想到，虽然臭了，但自己总还可以留着吃吧。于是，就忍着臭味吃了起来，然而，奇怪的是，臭豆腐闻起来虽有股臭味，但吃起来却非常香。于是，王致和便拿着自己的臭豆腐去给朋友吃。好说歹说，朋友们才同意尝一口，没想到，所有人在捂着鼻子尝了一口之后，都纷纷赞不绝口，一致认为此豆腐美味可口。

王致和借助这一错误，改行专门做臭豆腐，生意越做越大，影响也越来越广，到最后，连慈禧太后也前来尝一尝这闻名已久的臭豆腐，并对其大为赞赏。

从此，王致和与他的臭豆腐身价倍增，不仅上了书，还被列入御膳菜谱。直到今天，许多外国友人到了北京，都还点名要品尝这所谓"中国一绝"的"王致和"臭豆腐。

其实，一个人不犯错误是绝不可能的事，特别是在探索未知领域和发明创造，乃至生活的每一个细节中。关键在于能否将坏事变为好事。犯错误后能反省，能变错误为正确，这不仅是一个人的品质表现，也是一个人发掘创造才能的保证，因为抓住机会正是这种综合效应的利用。

人生不可能总是一帆风顺，机会也不总是顺风而来，蕴藏在逆境中的机会永远都是非常巨大的，足以改变人的一生，所以，任何时候，对于逆境都应该抱有一种乐观的心态。

人生的际遇有两种：一种是顺境，一种是逆境，在顺境中顺流而上，抓牢难得的机会，或许每个人都能够做到。但面对逆境，许多人却纷纷败在阵下，在逆流中舟沉人亡。 其实，任何逆境里都孕育着机会，而且这种机会的潜能和力量都是十分巨大的，那些善于抓住机会的老手，十分乐于在逆境中生存，因为他们知道，逆境将会把他们推向又一个更高的起点。

人在逆境，意志坚强者通常能发奋努力，寻觅并抓住稍纵即逝的机遇，从而改变环境，也改变了自己的命运；意志薄弱者却只能抱怨环境，悲叹命运，结果沦为命运的奴隶，无为而终。

人们在生活面前有种种美好的向往，总是希望前面有着广阔的天地。 但是，人生的道路不可能像长安街那样平坦笔直，成就功名不会像月下漫步那样轻松就可拿到。 在每个人的成才机会过程中不可避免地会遇到来自先天、来自自然、来自社会的种种挫折，诸如家境贫寒、身躯残疾、环境艰苦、蒙受冤屈、横遭压制等，遇到这些情况时，不要怨天尤人，自暴自弃，而要养精蓄锐、积蓄能量，也许成功的机遇就在前面等着你。

在信息中寻找机遇

在信息中寻找发展的机遇，几乎是每一个商家遵循的成功法则。我们知道在竞争激烈的市场上，谁第一个捕捉到了有利于自己的信息，并充分地加以利用，谁就会成为"王者"。

被喻为中国大陆木地板大王的彭鸿斌先生，就是这样一位极善于利用市场信息来发财的商界英杰。

据国家统计局 1999 年 4 月 18 日发布的统计数字表明，1998年，全国地板销量第一位的品牌是"圣象"，它的持有人便是彭鸿斌。

他是如何利用市场信息来达成自己的目的的？

彭鸿斌原先在外交部供职。1993 年 4 月，彭鸿斌做出了一个令人惊讶不已的决定：辞职下海经商。外交部的同事们都惊呆了，许多人纷纷问他："为什么要辞职呀？""放着金饭碗不要，图个啥呀？"……各种议论纷至沓来，说什么的都有。

并且，部里坚决不同意他辞职！

怎么办？

此时的彭鸿斌已经铁了心，一定要独自创业，发家致富。所以，他毅然选择了不辞而别。他坚信，只有在商海中搏击，才能充分施展自己的才华，才能更好地实现自己的人生价值。

下海做什么呢?

略加思索之后,他选择了电脑产业,他一头扎中关村,卖电脑去了。在那竞争趋于白热化的电脑市场上,彭鸿斌的小公司显然微不足道,而且也没有碰上最佳入市时机。所以,虽然他奋力拼搏,却没有赚到什么钱。但是,他的收获也并不小,为他日后在生意场上拼搏积累了不少宝贵经验。

在商海折腾了两年多之后,彭鸿斌终于悟出了做生意的门道和感觉。他悟出了这样一个道理:"要想在激烈竞争的商场上出人头地,非学会钻市场空隙不可。"于是,他毅然选择退出电脑行业,另觅佳径。

1995 年 5 月,他关闭了他的电脑公司,自费去欧洲进行商务旅行,寻找适合自己发展的市场信息。

在德国,彭鸿斌终于逮住了这种机会。

德国人素以作风严谨而著称于世。他们生产的木制家具和木工机械都是全球最好的。

这天,彭鸿斌来到了一家建材超市。里面有一种名叫"强化木地板"的产品令他眼前一亮:它取材于天然林木,经过当代最先进的工艺加工制作而成,是当代最新的环保型的高科技产品。彭鸿斌一见到这种木地板,立马被它迷住了,于是,当即决定深入了解它。

经过了解,彭鸿斌发现了许多奥秘。

原来,这种强化木地板的剖面就像一块结构紧密的三明治。中间层是高密度纤维板做成的基材,它比传统技术生产的木材更能抗冲击,抗压力,更不易变形。基材上面是表面层,它是由耐磨层、装饰层组成的。装饰层是用现代高科技滚筒印花，可以表现各种名贵原木的纹理和质感，这样就比传统的实木地板多了丰富的色彩和款式的选择。而且具有科技突破意义的耐磨层的应用，使其抗磨强度达到了传统实木地板的 30 多倍！

同时，这种强化耐磨层还具有阻燃、防潮、防虫蛀等各种功能。

基材下面是平衡层，不但起到防潮的作用，而且能增加木地板的平整性。不但如此，这种强化木地板与传统的实木地板相比，还无须刨光、上漆、打蜡，能够始终光洁如新，省去了很多烦琐的保养手续。

这对于追求现代生活快节奏的人来说，无疑更是一种惬意的选择。

彭鸿斌了解之后，立即心花怒放，马上意识到这种行情的优势，把握市场信息的脉搏，及时，迅速地收集、筛选、利用重要的市场信息，从而把有用的市场信息转化为财富。

市场预测并不是主观臆测，而是需要进行规范化的分析、科学的研究和精确的预测。因为要做出正确的经营决策，企业家需要在进行市场调查、掌握信息的基础上，紧紧地抓住关键的市场信息来进行市场预测。

为了抓好关键信息，可以借助现代化的先进手段，对市场信息进行定性分析和定量分析，从而迅速而准确地预测出市场动态趋势，给商务活动打下坚实的基础。

俗话说，机不可失，时不我待。市场信息往往稍纵即逝，一闪而过。所以，企业家在拍板定夺时，要坚决、果敢，当断则断，切忌糊糊涂涂，黏黏糊糊的，举棋不定，犹豫不决；优柔寡断只会贻误良机，害人害己，于事无补。果断决策也不等于急躁冒进，要正确区分二者的关系。

总而言之，在抓市场关键信息时，要稳准狠快，及时将有用信息转化为真正的财富。

在商业竞争中，对市场信息尤其是市场关键信息把握的速度与准确性，对竞争的成败有着特殊的意义。

成功的企业家对关键信息的把握往往有出色的表现，他们能立足于全局的高度，宏观把握，微观处置，决策果断及时。

1985 年，李晓华东渡日本，一面在东京国际学院学习，一面在一家日本商社打工，那时他就留心了解日本的市场信息，学习揣摩他们的经营之道。

1988 年，一个偶然的机会，李晓华在一家报纸上读到了一条消息："中国生产的'101 毛发再生精'在日本市场价格一路攀升。"

依据敏锐的直觉，李晓华马上断定：赚钱的机会来了！

实际上，对于普通读者而言，这仅仅是一条极为平常的消息，一则新闻报道而已。在当时谈到这一消息的人肯定为数不少。但是，许多人都走马观花，没做深入的推究。唯有李晓华慧眼识宝，牢牢地抓住了这一条关键的市场信息。

这条信息意味着什么？意味着财源滚滚！李晓华毫不怀疑自己的判断。他清楚，如果自己取得"101 毛发再生精"在日本的独家代理权，那将意味着能赚回一大笔钱。

于是，抓住了机会就立即行动。

李晓华立马返回中国，仅用了一个月的时间便与101的发明者赵章光成了好朋友，顺利地得到了生发精在日本的经销权。这一招果真既快且准。

李晓华垄断了101在日本的代理权以后，以每瓶10美元的优惠价进货，以70美元至80美元一瓶的价格在日本抛售，仍旧供不应求，真可谓一本万利，财源滚滚！一时间，李晓华几乎成了誉贯日本的知名人物，连日本首相海部俊树都抽空接见了他！

可以这样说，李晓华就因为抓住了一条关键的信息，才创造出今日的辉煌成就。

俗话说："先到为君，后到为臣。"

商场上就是这样，你抓不住机会，机会就会被别人抓了去；而一旦抓住了机会，别人就只好干瞪眼看着你发财。

第九章

这十年你要达到的境界

经历浮沉，生命才能散发芬芳

一位大学者说过："苦难是一所学校，真理在里面总是变得强有力。"

一位屡屡失意的年轻人不远万里来到一座名刹，慕名寻到老僧慧圆，沮丧地对他说："人生总不如意，活着也是苟且，有什么意思呢？"

慧圆静静地听着年轻人的叹息和絮叨，最后吩咐小和尚说："施主远道而来，烧一壶温水送过来。"

少顷，小和尚送来了一壶温水，慧圆抓了茶叶放进杯子里，然后用温水沏了，放在茶几上，微笑着请年轻人喝茶。杯子冒出微微的水气，茶叶静静地浮着。年轻人困惑地询问："宝刹怎么是温水泡茶？"

慧圆笑而不语，年轻人喝一口细品，不由摇摇头："一点儿茶香都没有。"慧圆说："这可是闽地名茶铁观音啊！"年轻人又端起杯子品尝，然后肯定地说："真的没有一丝茶香。"

慧圆又吩咐小和尚说："再去烧一壶沸水送过来。"少顷，小和尚便提着一壶冒着浓浓白气的沸水进来。慧圆起身，又取过一个杯子，放进茶叶，倒沸水，再放在茶几上。年轻人俯首看去，茶叶在杯子里上下沉浮，丝丝清香不绝如缕，让人望而生津。

年轻人欲去端杯，慧圆作势挡开，又提起水壶注入一线沸水。茶叶翻腾得更厉害了，一缕更醇厚、更醉人的茶香袅袅升腾，在禅房里弥漫开来。慧圆如是注了六次水，杯子终于满了，那绿绿的一杯茶水，端在手上清香扑鼻，入口沁人心脾。

慧圆笑着问："施主可明白，同是铁观音，为什么茶味迥异？"

年轻人思忖着说："一杯用温水，一杯用沸水，冲沏的水不同。"

慧圆点头说："用水不同，则茶叶的沉浮就不一样。温水沏茶，茶叶轻浮水上，怎会散发清香？沸水沏茶，反复几次，茶叶沉沉浮浮，最后释放出四季的风韵：既有春的幽静、夏的炽热，又有秋的丰盈和冬的清冽。世间芸芸众生，又何尝不是沉浮的茶叶呢？那些不经风雨的人，就像温水沏的茶叶，只在生活表面漂浮，根本浸泡不出生命的芳香；那些栉风沐雨的人，如同被沸水冲沏的茶，在沧桑岁月里几度沉浮，才有那沁人的清香。"

人生路漫漫，充满了鲜花，也充满了荆棘；充满了幸福，也充满了痛苦。

不测是时时刻刻都存在的，学业的失意、疾病的折磨、自信的受损、亲人离去的悲痛……我们在踏上人生路途的时候就该明白前途的坎坷。 要接受温润的春和赤烈的夏，就必须接受清冷的秋和寒冽的冬，正像茶叶一样，我们要坦然面对沉浮，让生命散发芳香……

那些不经风雨的人，就像温水沏的茶叶，只在生活表面漂浮，根本浸泡不出生命的芳香；那些栉风沐雨的人，如同被沸水冲沏的茶，在沧桑岁月里几度沉浮，才有那沁人的清香。

　　世间很多事情都是难以预料的，亲人的离去，生意的失败，失恋，失业……打破了我们原本平静的生活，以后的路究竟应该怎么走？我们应当从哪里起步，这些灰暗的影子一直笼罩在我们的头上，让我们裹足不前。

　　难道生活真的就这么难吗？日子真的就暗无天日吗？其实，并不是这样的。在这个世界上，为何有的人活得轻松，而有的人却活得沉重？因为前者拿得起，放得下；后者是拿得起，却放不下。很多人在受到伤害之后，一蹶不振，在伤痛的海洋里沉沦。只得到而不失去的事情是不可能有的，而一个人在失去之后，就对未来丧失信心和希望，又怎么能在失去之后再得到呢？人生又怎能过得快乐幸福呢？

　　生活中有各种各样我们想不到的事情，其实这些事情本身并不可怕，可怕的是我们无法从这件事情所造成的影响中抽身出来，尽早地以最新、最好的状态投入到下一件事情中，哪怕我们现在身无分文，但我们可以从身无分文起步，一点一滴地打拼。磨砺到了，腾飞的翅膀就会变得坚硬，也就能够翱翔于天地之间了。

　　只得到而不失去的事情是不可能有的，而一个人在失去之后，就对未来丧失信心和希望，又怎么能在失去之后再得到呢？人生又怎能过得快乐幸福呢？

梅花香自苦寒来

人生路上，有顺境，也有逆境。对某些人来说，逆境是学校，厄运是老师。逆境能激发一个人的斗志，把他蕴藏的潜力尽情地释放，把逆境演变成他奋发进取的力量。"自古英雄多磨难，从来纨绔少伟男"，说的就是这个道理。

但厄运并非总是财富，正如巴尔扎克所说："世界上的事情永远没有绝对的，结果完全因人而异。苦难对于天才是一块垫脚石，对于能干的人是一笔财富，对弱者是一个万丈深渊。"

的确，你无法改变昨天的事实，但你今天的人生态度决定了你明天的人生轨迹。

一个渔村里有一位老人，老了，经不住海里的风打浪颠，就守候着海滩，窝在泥屋子里熬鹰。等鹰熬足了月，他就能获取钱财了。他住在海边一座新搭的泥屋子里。泥屋的苇席顶上，立着一灰一白两只雏鹰。疲惫无奈的日子孕育着老人的希望。灰鹰和白鹰在屋顶待腻了，就钻进泥屋里来。老人左手托灰鹰，右手托白鹰，说不清到底最喜欢哪一个。

熬鹰的时候，老人很狠心，对两只鹰没有一点感情。他想将它们熬成鱼鹰。他用两根布条分别把两只鹰的脖子扎起来，饿得鹰嗷嗷叫了，他就端出一只盛满鲜鱼的盘子。鹰们扑过去，吞了鱼，喉咙处便鼓出一个疙瘩。鹰叼了鱼吞不进肚里又舍不得吐出来，憋得咕咕惨叫。老人脸上毫无表情。

他先用一只手攥了鹰的脖子拎起来，另一只大手捏紧鹰的双腿，头朝下，一抖，再把攥了鹰的脖子的那只手腾出来，狠拍鹰的后背。鹰的嘴里不舍地吐出鱼来。

就这样反反复复熬下去。

海边天气说变就变。海狂到了谁也想不到的地步，老人住的泥屋被风摇塌了，等老人明白过来已被重重地压在废墟里。灰鹰和白鹰抖落一身的厚土，钻出来，嘎嘎叫着。灰鹰如得到了大赦似的钻进夜空里。白鹰没去追灰鹰，而是围着废墟转圈，悲哀地叫着。

老人被压在废墟里，喉咙里塞满了泥，喊不出话来，只拿身子一拱一拱。聪明的白鹰瞧见老人的动静，便俯冲下来，立在破席片上，忽闪着双翅，刮动着浮土。不久后，老人便看到铜钱大的光亮。他凭白鹰翅膀刮拉出来的小洞呼吸活了下来。后来又是白鹰引来村人救出了老人。老人看着白鹰，泪流满面。

大半天后，灰鹰疲沓沓地飞回来了。老人重搭泥屋，继续熬鹰。但看见白鹰饿得咕咕叫的样子，老人开始心疼了。他开始给白鹰手下留情，关键时解开白鹰脖子上的红布带子，小鱼就滑进白鹰肚里去了。对于灰鹰，老人没气没恼，依然用原来的熬法，但到了关口却比先前还狠。一次，他给灰鹰脖子上的绳子扎松了，小鱼缓缓在灰鹰脖子里下滑，他发现了，便狠狠拽起鱼鹰，一只手顺着灰鹰脖子往下撸，一直撸出鱼才停手，灰鹰惨叫着。白鹰瞅着，吓得不住地颤抖。

半年后鹰熬成了。熬鹰千日，用鹰一时。老人神气地划着一条旧船出征了。白鹰孤傲地跳到最高的船木上，灰鹰有些恼，也跟着跳上去，被白鹰挤了下去。不仅如此，白鹰还用嘴啄灰鹰的脑袋。灰鹰反抗却被老人打了一顿。可是，到了真正逮鱼的时候，白鹰就蔫了。灰鹰真行，按照主人的呼哨儿扎进水里，不断叼上鱼来，喜得老人笑开了花。可白鹰半晌也逮不上鱼，只是围着老人抓挠。老人很烦地骂了一句，挥手将它扫一边去了。白鹰气得咕咕叫，很羞愧。灰鹰开始嘲弄白鹰。老人慢慢地就对白鹰态度冷淡了。白鹰逮不上鱼，生存靠灰鹰，于是灰鹰在主人面前取代了白鹰的地位。

后来，白鹰受不住了，在老人脸色难看时飞离了泥屋。老人不明白白鹰为何出走，从黄昏到黑夜，他都带着灰鹰找白鹰，招魂的口哨声在野洼里起起伏伏，可是仍没找到白鹰。老人胸膛里像塞了块东西堵得慌，他知道白鹰不会打野食儿。

一日傍晚，老人在村里一片苇帐子里找到了白鹰。白鹰死了，是饿死的，身上的羽毛几乎掉光了，肚里被黑黑的蚂蚁掏空了。老人的手抖抖地抚摸着白鹰的骨架，默默地落下了老泪。

此时，灰鹰正雄壮地飞在空中。

不经一番寒彻骨，哪得梅花扑鼻香。 要想成为一个有作为的人，就要有吃苦的准备。 人总是在挫折中学习，在苦难中成长的！让我们记住：雄鹰的展翅高飞，是离不开以前的跌跌撞撞的！

上帝有一天心血来潮，来到他所创造的土地上散步，看到农田里的麦子结实累累，感到非常开心。上帝本来以为他并不会被认出来，因为这个世界上的人已经很久很久没有见过上帝了。想不到的是，一个在麦田里的农夫轻易地就认出他来。农夫趋前向上帝请安，说："仁慈的上帝呀！您终于来了。这五十年来，我没有一天停止祈祷，企盼着您的降临，您终于来了！"

上帝说："五十年来，你都在祈祷，到底是在祈求什么呢？"

"我总是在祈求风调雨顺，祈祷今年不要有大风雨，不要下雪，不要地震，不要干旱，不要有冰雹，不要有虫害。可是不论我怎么祈祷，却总是不能如愿。"农夫说。

上帝回答："我创造世界，也创造了风雨，创造了干旱，创造了蝗虫与鸟雀，我创造的是不能如人所愿的世界。"

农夫跪下来，吻上帝的脚乞求道："全能的主呀！可不可以在明年允诺我的请求，只要一年的时间，不要风，不要雨，不要烈日与灾害，别人的田我不管，能不能给我一年的时间？"

上帝说："好吧！明年如你所愿。"

第二年，农夫的田地里果然结出许多麦穗，由于没有任何狂风暴雨、烈日与灾害，麦穗比平常多了一倍，农夫兴奋不已，欢喜地等待丰收的那一天。

到了收成的时刻，奇怪的事情发生了，农夫的麦穗里竟然没有结出一粒麦子。

农夫找到了上帝，问道："仁慈的上帝，这是怎么一回事，是不是搞错了？"

上帝说："我没有搞错任何事情，一旦避开了所有的考验，麦子就变得无能了。对于一粒麦子，努力奋斗是不可避免的，风雨是必要的，烈日是必要的，蝗虫是必要的，它们可以唤醒麦子内在的灵魂；人的灵魂也和麦子的灵魂相同，如果没有任何考验，人也只是一个空壳罢了。"

一粒麦子，尚离不开风雨、干旱、烈日、虫灾等挫折的考验，对于一个人，更是如此。

有人说过，人的脸型就是一个"苦"字，天生就该受尽各种苦难。此言不谬。想，人之一生，在自己的哭声中临世，在亲人的哭声中辞世，中间百十年的生涯，无时无刻不在与艰难、困苦、疾病、灾祸打交道。

假如人生没有磨难，其本身就是一种灾难。长期生活在一顺百顺、无忧无虑的环境中，淘汰不了劣者，筛选不出强者，人类就不会进化，社会也不会向前发展。而我们每个人认真审视自己的内心，总会发现，点燃自己灵魂之光的，往往是一些当时被认为磨难和困苦的境遇或事件。一个完美的人生，真的需要历练。

所以，从某种意义上不得不说："苦难"是上帝赐给人类最好的礼物！

丘吉尔在自传中这样写道："苦难是财富还是屈辱？当你战胜了苦难时，它就是你的财富；可当苦难战胜了你时，它就是你的屈辱。"

屈辱是一种力量

　　有一天，一名男子站在纽约街头，拿出一个约有两块砖头大小的无线电话拨出了他的第一个电话："是乔治先生吗？我现在正用一部便携式无线电话跟您通话……"这个人就是手机的发明者马丁·库帕。当时，他是美国摩托罗拉公司的工程技术人员。接听电话的是曾经拒绝给他机会并羞辱过他的人。

　　到底是怎么回事呢？这事说来话长——

　　如今天一样，很多年前，美国的就业形势就非常严峻，毕业生找不到工作是司空见惯的事情。库帕作为就业大军中的一员，当他寻觅很久依旧未能找到一份合适的工作后，他决定去一家专门研究无线电的公司碰碰运气。

　　该公司的老板叫乔治，在无线电研究领域颇有建树。库帕也是一位无线电爱好者，从小就崇拜他，并希望有朝一日能像乔治一样，在无线电领域取得巨大的成就。于是，他来到乔治的公司，一方面希望能得到一份工作，另一方面希望跟乔治学到一些东西。

　　然而，当他敲开对方的办公室门后，正在忙着研究无线电话（也就是我们今天普遍使用的手机）的乔治未等库帕自我介绍完就粗暴地打断了他，用不屑的眼神打量了库帕一番，问道："你是哪一年毕业的？干无线电多久了？"听闻库帕只是个刚毕业的大学生，仅仅对无线电也感兴趣，没有任何工作经验后，他觉得面前这个不知天高地厚的年轻人简直幼稚极了，于是态度粗暴、语气轻蔑地说道："我看你还是出去吧，我不想再见到你，也请你不要再浪费我的时间！"

原本忐忑不安的库帕此时彻底地平静了下来，他说道："先生，我不计报酬，哪怕给您当个助手都可以。我知道您现在正在研究无线移动电话，我从小就对这个感兴趣，说不定能帮您一点忙呢？"

这一次乔治已经不想再多说什么了，他坚决地下了逐客令。一番艰难的争取并未换来对方的认可，反而遭到白眼和羞辱后，库帕说道："乔治先生，总有一天您会正眼看我的！"不久后，库帕便在美国摩托罗拉公司找到了一份工作，并且借助这个平台开始了他的"复仇"工作。

最终，库帕先于乔治研究出了无线移动电话——手机，而马丁·库帕这个名字一夜间也红遍世界各地。当记者问起"如果当初乔治接受了你，你们研究出手机，那么功劳是不是就是乔治的了？"库帕的回答却出乎意料，他说道："如果他当时接受了我，我们也许永远也研究不出手机。正因为他拒绝了我，而且带着如此不屑的态度和轻蔑的语气，是他掐断了让我继续向他学习的念头，使得我另辟蹊径，并奋不顾身地投入到研究中，而当我下定决心一定要让他对我刮目相看后，我也就向成功迈进了一步。事实上，我要感谢乔治，是他的侮辱给了我力量，使得原本成功的欲望并不强烈的我有了如此鲜明而有力的奋斗目标。如果没有他给的屈辱，也许这会儿我可能正安于某个角落，过一天算一天呢！"

是的，屈辱在一些情况下是一种力量，只要我们真的在乎自己的面子、尊严，就一定会把从他人那里受到的屈辱转化成力量，一股让自己变得强大、超越对方、获得成功的力量。有时候正是有了他们对你的践踏、侮辱和诋毁，你内心沉睡的成功欲望才被激醒，让你的奋斗目标更清晰，并以超越对方、让别人对自己刮目相看为终极目标。

　　人都有一种惰性，喜欢找借口，常常只是渴望成功，而不是为成功付出行动。于是，很多人一生都碌碌无为。但是，当自己的人格被践踏，尊严受到侮辱，好胜心被人泼冷水、脊梁骨被人踩在脚下后，原本存在于体内，但一直处于沉睡状态的能量就像炸药遇上了星火一样，瞬间爆发，并以山崩地裂之势将你推向一个全新的自我。既然成功的能量被唤醒，你就再也没有理由懒惰，你会以超乎寻常的状态几近疯狂地投入到自己希望取得成功的事物中。似乎洗刷屈辱的唯一出路就是在别人认为自己不行的地方取得巨大成功。

　　当然，也有一些人，当他们受到屈辱或者被人践踏后，会怨天尤人，抑或逆来顺受，破罐破摔，到最后将自己的大好人生毁灭在别人的态度中。也有一些人，将屈辱换来的力量转化成邪恶，以报复或者以牙还牙的手段泄愤。然而很不幸，这样的行为毁灭的不光是别人，还有自己。

　　可以说，屈辱是一种力量，也是一种指引。到底是指引你走成功的阳光大道，还是复仇的羊肠小道，你自己要慎重选择！

每个人都会遇到折磨人的"魔鬼"

同事不厌其烦地向你讲述她平淡生活中的鸡毛蒜皮；当你第二次向邻居抱怨他家那狂吠的狗时，他竟挂断了电话；明知你下了岗，甚至还有可能要面临房屋出售的困境，堂兄弟们却还在向你炫耀他们的新度假屋……

难相处之人就是这样折磨着我们，他们磨光我们的精力，扰乱我们的心境。威力小时，他们会给我们带来烦恼；威力大时，他们则会让我们陷入悲痛中。我们可以反抗、可以抱怨，还可以挣扎，偶尔也会取得成功，但大多时候却是在做无用功。很多心理医生都已开设一项服务，即为如何对付难相处之人提供建议。这是因为，我们每个人都至少会遇到一个这样难缠的人，可能是你的老板，也可能是你的邻居，或是你的亲戚。

虽然人际关系中的困难总是难在不同之处，但主旋律是一样的。人总会给自己以外的人带来痛苦，几千年如一日。《圣经》中就讲述了很多关于人们彼此伤害的故事。我们每遇到一个难相处之人，就等于面临着一次人生的困境。

当你与一个难相处之人斗争时，记住，你不是一个人。在你之前，很多人已经加入了类似的斗争；就在现在，很多人也在与你并肩作战。此外，还要记住，你将来还会遇到更多难相处之人，因为，你无路可逃。

这些难相处之人折磨人的方式各不相同。横行霸道的人善用权势恐吓；阴险小人自己倒是表现得和蔼可亲，却总是喜欢在背地里放冷箭；假装博学多闻的人总以为自己是对的；性急的人点火就着……难相处之人的类型还真是列也列不完，可用来形容他们的词语也是数不胜数，包括色彩鲜明的和不宜刊登的。

难相处之人可以是陌生人、邻居、老师、神职人员、工作伙伴、亲戚或配偶。 与他们的相遇可能是短暂的不愉快，也可能是终身的悲哀。

这些人会让我们觉得悲哀。 他们拒绝公平地对待我们，或是嘲笑我们、无视我们、让我们失望、伤我们自尊、夺走我们的东西、欺骗我们、虐待我们或背叛我们。

我们热衷于谈论这些人，常常会在咖啡店和治疗室里谈起他们，还会上电台的谈话节目去讲述关于他们的故事。 有些人会辱骂他们，有些人则只是在寻找一只愿意聆听他们倾诉的耳朵。 但是，几乎所有人都渴望能得到一些建议。

这些人让我们遭受了极大的痛苦，让我们沮丧、气愤或是气馁。 我们中的有些人只会生闷气，有些人却筹划着如何报复。 有时候，我们只会因失意而放声尖叫。

但是，不管每次境遇有多困难，它们都有一个共同点：每次我们遇到一个难相处之人时，我们都会产生一种不舒服的情绪反应。

对难相处之人的定义看起来很简单。 所谓难相处之人就是那些言行能够引起别人讨厌或不愉快情绪的人。

因此，无论是谁，无论他（她）正在如何对待我们，难相处之人就是让我们产生一些我们不愿产生的感觉的人。

对于谁比较难相处，而谁又不构成困扰，不同的人有不同的答案。 假设山姆不喜欢在看电影时讲话的人，他会对这类人讨厌至极，以至于觉得应该用甘草鞭子将他们绑起来，再用变味的爆米花和半空的饮料瓶砸他们。 他会很乐意看到所有在看电影时喋喋不休的人被带进一间暗室，让一群穿着制服的引座员用强光手电筒逼着

"安静下来"，直到他们发誓再也不在看电影时讲话。

然而，对于萨莉来说，喜欢在看电影时讲话的人并不怎么对她构成干扰。上大学时，她喜欢去看校内电影，为的就是和其他志同道合的同学一起朝着屏幕大喊大叫。她喜欢听到别人带有厌倦语气的评论。对她来讲，光看电影实在无趣，要是能听到身后的人对其中人物、对白或情节做出七言八语的评论就另当别论了。

在这两个案例中，面对同一种行为，山姆和萨莉做出了截然相反的反应。莫非只有当事人才能看出（或听出）谁是难相处之人？

从这种观点出发，我们便可以开始理解，为什么有人做的事会让人觉得他并不难相处。按照我们之前下的定义，当我们因对方的行为而产生不愉快的情绪时，我们将其称为难相处之人。

将注意力集中在这种显而易见的导致我们痛苦的原因上实属自然而然的事情。但是，这却是一种注意力的分散。我们应该将真正的注意力放在自己身上，着重于自己的感觉和自己对难相处之人的行为所做出的反应。我们要问问自己，为什么我会有如此激烈的反应。

苦难是必须面对的问题

苦难是每个人生命中必须经历的事情，敢不敢于挑战苦难也是必须面对的问题。 一些人由于缺少挑战苦难的信心，从而导致对生命的放弃，许多自杀者几乎无一例外。 因此，人生一世要想超越苦难，就必须具有强大的信念，就要相信生活中没有迈不过去的坎，这种信念会使人们一辈子受用不尽。

班纳德是一位德国老人，在风风雨雨的人生中他共遭受了150多次磨难的洗礼，这个世界上最倒霉的人同时也成了世界上最坚强的人。

在他出生13个月时，便摔伤了后背，而后又跌断了一只脚，再后来爬树时伤了四肢；一次骑车时，忽地一阵大风，把他吹了个人仰车翻，膝盖受了重伤；14岁时掉进了垃圾堆差点窒息；一次，一辆汽车失控，把他的头撞了一个大洞，血如泉涌；还有一次他在理发店中坐着，突然一辆飞驰的汽车驶了进来……

在最为倒霉的一年中，他竟遇到了17次意外事故。

但是更令人惊奇的是，老人依旧健康地活着，而且心中充满了自信。的确，在历经了150多次生命中磨难的洗礼后，还有什么可怕的呢？因为生活中没有迈不过去的坎，愈挫愈奋才会愈坚强，愈难愈弃只会愈悲绝。生活的磨难可以磨炼我们的意志，也可以让我们更坚强，如果能够顽强地面对坎坷，笑对人生，那么还有什么能够阻挡我们达到自己的目标呢？

看到了班纳德的达观与顽强、快乐与幸福，有谁还会抱怨命运不公，有谁还会怨天尤人呢？大自然让人们在奋斗的过程中不断成长、壮大与进步，这个过程是痛苦的经验或是深刻的体验，要视一个人的态度而定。　森林中最能争夺养分的树木才能成为参天大树，久经风雨才能成为栋梁之材。　在乡村，我们常常能够看到那些木材商们，在砍伐了树木后，总是将它放在露天的空地上任凭风吹雨打。　因为它们受过磨难而不腐朽，就会有足够的力量抗拒最沉重的负担。

　　具有强大信念的人，是生活中的幸运者，因为他们从小养成了良好自信的心理。　这种心理让他们充分相信自己，能够承受各种考验、挫折和失败。　敢于争取最后的胜利，这种信念，使他们一辈子受用不尽。

　　斯蒂芬孙，是英国蒸汽机车发明家。他的父亲是一名煤矿工人，在蒸汽机房里烧锅炉，母亲是一个普通的家庭妇女。他们全家8口人，靠父亲的一点工资生活，日子过得十分艰难。为了减轻家庭的负担，斯蒂芬孙8岁就去放牛了。斯蒂芬孙从小就对那轰隆隆转动的机器有莫大的兴趣。每当去煤矿给父亲送饭，他总是围着机器看个不停。他憧憬着自己长成了一个大人，像父亲那样操作着巨大的蒸汽机。放牛的时候，他喜欢捏泥巴。他捏的既不是兔子、小狗这类动物，也不是锅、碗、瓢、盆这类炊具。他捏的是机器，是蒸汽机的模型，其中也有锅炉、汽缸、飞轮。

　　14岁那年，斯蒂芬孙真的当上了一名见习司炉工。能亲自操作机器，他很高兴。但光是操作，又觉得不过瘾。他脑子里老是琢磨着：这机器是怎么转动起来的？它的内部是什么样的？有一天，别人都下班回家去了，他却说要留下来擦洗机器内部的灰尘。蒸汽机被他拆开了，他把所有的零件都仔细观察了一遍，但装配起来却不是那么容易。他忙活了好半天，才勉强把蒸汽机安装好。回家的路上，他老是提心吊胆，担心这机器明天转不了。谁知道第二天一发动，那台蒸汽机比平时转得还要好。他经常这样拆拆装装，对机器的结构熟悉透了。

不久，斯蒂芬孙产生了自己制造机器的愿望。由于他没有文化，无法画出设计草图，就用泥巴做成机器模型，仔细琢磨。他感到没有文化很难进行创造发明，于是，在 17 岁时他便报名读夜校，从小学一年级开始读起。斯蒂芬孙每天晚上都和七八岁的儿童坐在一起上课。他像羊群里的骆驼、鸡群里的仙鹤那么突出。

"嘻嘻，傻子！"

"嘿嘿，笨蛋！"

从夜校的教室外面，常常传来这样的讥笑声。他们讥笑这位"大学生"并没有在念大学，却是在念小学。

然而，斯蒂芬孙不怕羞，不怕讥笑，甘愿坐在小学生之中，从头学起。

斯蒂芬孙白天要到矿上上班，为了多挣些钱养家糊口，休息时间还要替人家修理钟表、擦皮鞋，每天累得筋疲力尽。可是到了晚上，斯蒂芬孙总是第一个进教室，专心听讲，埋头学习。放学以后，别人都睡了，他还在昏暗的灯光下复习功课、做作业。

经过几年苦读，斯蒂芬孙终于甩掉了文盲的帽子，并掌握了机械、制图等有关知识。从此，斯蒂芬孙便插上了起飞的翅膀，飞翔在创造发明的天空中。

生活中没有迈不过去的坎，生活历练了斯蒂芬孙的毅力，培养了他的自信心，使他产生必须成功的信念。

每一次丢脸都是一种成长

我们曾经听说过很多在"丢脸"当中不断成长最终取得了巨大成就的人，英语口语教父李阳就是其中之一。

李阳从英语不及格到成为世界上有名的英语教师，从不敢接电话、不敢和陌生人说话到成为全球著名的中英文演讲大师；从一个自卑的人到成长为千万人学习的榜样；李阳创造了一个个奇迹，而在激励别人的时候，他总是喜欢说，我们要为热爱丢脸的人喝彩！

中国传统英语教学存在"不敢开口、不习惯开口"的两大心理障碍及怕丢脸、怕犯错误的心理陋习，李阳极力鼓励他的学生大声说英语。他认为疯狂英语的第一步就是要突破不敢开口、害怕丢脸的心理障碍。他说："我特别喜欢犯错误丢人，因为犯的错误越多，取得的进步就越大。如果你想一辈子不犯错误，那么结果只有一个。当你80岁的时候，你仍然只会对人讲一句：'My English is very poor'，朋友们，请大家暂时把脸皮放进口袋里，尽管大声去说吧！重要的不是现在丢脸，而是将来不丢脸！"于是，"I enjoy losing my face.（我热爱丢脸。）"就成了李阳和广大英语学习者的行动口号。

别怕犯错误丢脸，因为你犯下的错误越多，学到的知识和经验就越多，你进步的可能性就越大。可是，传统观念里，人们总是为保住自己的颜面而努力，甚至于有些人，为了面子问题丢失了性命也在所不惜。

公元前206年，项羽占有楚魏东部九郡之地，自封为西楚霸王，又违背先入关中者为关中王的前约，改封先入关中的刘邦为汉王，刘邦心中非常不快。

项羽的谋臣亚父范增知道刘邦的不满，也知道他一定会东山再起，于是建议项羽找借口杀掉刘邦。

项羽就把刘邦找来，准备封刘邦为汉中王，他若去，一定有储备实力、自封为王之心；若不去，正好可以杀死他。

刘邦听说项羽召见，虽然明知此去凶多吉少，但是又不能公然抗命不去，便在心中盘算着怎样应对这场智斗。刘邦来到殿前，恭恭敬敬地伏在地上，谦恭的样子使项羽异常受用，当即放松了警惕，就对刘邦放行了。刘邦谢恩退出大殿，急忙回到自己的营地，稍加打点，便率军急匆匆地向巴蜀进发。他决心以巴蜀偏塞之地为依托，招兵买马，养精蓄锐，待力量充实了，再还三秦，谋取天下。项羽闻知刘邦率军已向巴蜀进发，才感到范增所言极是，立即派季布带三千人马前去追赶，然而为时已晚。

后来刘邦广纳贤才，休兵养士，最终在众贤士的帮助下，使得不可一世的西楚霸王自刎乌江，统一天下。

只因一句"无颜见江东父老"，项羽舍弃了自己的性命，自刎乌江。可见，面子问题一直是中国人的软肋，无数的英雄志士都为了面子问题而纠结。

可是，人的一生，谁又能保证不犯错？谁又能一次面子都不丢呢？如果你想逃避丢脸而一辈子不犯错，那么结果只有一个：当你白发苍苍的时候，你仍然什么都不会，因为你什么都不曾尝试去做。

民谚云：要了脸皮，饿了肚皮。有时害怕丢一次脸，就是白白让出了一条路。所以，不要害怕丢脸，更不应该躲避"丢脸"的历练，而应该拿出自己的勇气，勇敢面对一次又一次的挫折，让自己在一次又一次的"丢脸"当中成长起来。

别怕犯错误丢脸，因为你犯下的错误越多，学到的知识和经验就越多，你进步的可能性就越大。

与其抱怨，不如提升自己

许多人抱怨自己为单位辛苦工作，为公司立下"汗马功劳"，却一直得不到老板的赏识，蜗居在平凡的岗位上，似乎永远也得不到提升。 其实细细思考，自己是不是在自己的岗位上持续努力，为组织带来恒久的效益了呢？在如今这个竞争激烈的年代，如果不主动升值就意味着不断贬值，那么等待你的不是升职，而是被淘汰的命运。 如果躺在过去的"功劳簿"上，只是沉浸在过去成功的喜悦之中，"晋升"势必彻底与你无缘。

对于任何一个员工来说，对自己所处的职位抱怨不已是没有任何作用的。 其实我们不应该将精力放在"自己没有升职"上，而应该将注意力集中在"为什么自己没有升职"上，找到自己的缺点，给自己一个准确的定位。 当我们不再为现状而一味抱怨，而是为将来的"提升"做好准备工作时，我们的升职之路将会展现无限光明。

奥尼斯初进戴尔公司的时候只是一名普通的业务员，后来一步一个脚印，由业务员成长为公司的市场部经理，随后又成为公司的市场总监。奥尼斯究竟是如何一步一步成长起来的？让我们看看他从一个市场部经理成长为市场总监的过程吧。

在成为公司的市场部经理之后，奥尼斯很快就对自己的工作有了一个正确的定位：

在企业的营销过程中，市场部经理的位置十分重要，一个优秀的市场部经理，在很大程度上能够协助市场总监完成营销战略任务。奥尼斯认为一个优秀的市场部经理必须具备以下四种基本素质：

（1）具有营销策划的能力。

（2）具有品牌策划的能力。

（3）具备产品策划的能力。

（4）具有对市场消费态势潜在性的分析能力。

后来，奥尼斯又认真研究了大多数公司对市场部经理的更高要求，他觉得自己应该在目前的能力基础上进一步学习，以提高自己的工作能力。

首先，他从掌握各项营销政策入手进行学习，因为他过去从事的是广告策划工作，对营销政策知之甚少。其次，他又开始不断强化自己的执行力，因为他发现自己对于公司营销推广的整个过程监控实施的力度都很差。最后，奥尼斯认识到自己的市场应变能力很差，缺乏市场销售过程的锤炼和亲身的市场销售体验，这是他在工作中最大的软肋。

有了这些深刻而全面的认识之后，奥尼斯开始逐步提升自己的业务素质。他首先对自身这些软弱的因素进行弥补，先让自己成为一名优秀、称职的市场部经理。后来他又用了三年的时间来亲身体验营销实践。与此同时，奥尼斯又学习了丰富的组织管理知识、全面的法律知识和财会知识，因为这些知识在工作的时候很有用处。当然了，修炼对团队的掌控能力也是奥尼斯学习的一个重要方面，如果控制不了下属团队，那么一切都是空谈。

通过几年的认真学习和实践锻炼，奥尼斯终于如愿以偿地成了公司的市场总监，他为公司的市场营销工作创造了极大的效益。

奥尼斯成长的例子告诉我们，工作中每一步台阶都需要相应的能力与之相匹配，让自己的能力升值，给老板一个提升你的理由。

也许你还在抱怨自己劳苦功高却职位低下，但是却对现在的环境视而不见！据统计，25 周岁以下的从业人员，职业更新周期是人均一年零四个月。 为公司创造的功劳永远只能代表自己的过去，只有不断为公司创造业绩，才能为自己赢得升职的机遇。

企业永远都选择最优秀的员工，并不会为了照顾某一位老员工而提升他。 一些人面对自己职业上的停滞，他们更多的是埋怨企业没能给他们职位提升的空间，这种思维是不对的。 要突破这种职业停滞期，我们要学会"自我革命"，只有不断地突破自我，才能够不断成长。